Rike Stienen
Liebe auf Bestellung

RIKE STIENEN

Liebe auf Bestellung

VERLAG
OLDIGOR

Rike Stienen lebt mit ihrer Familie in der Nähe des Chiemsees. Sie studierte Rechtswissenschaften und Romanistik. Bevor sie eine Ausbildung zur Drehbuchautorin absolvierte, arbeitete sie als Rechtsanwältin und Mediatorin. Heute entwickelt sie Stoffe für diverse Filmproduktionen, am liebsten romantische Komödien. Daneben entstehen Kurzgeschichten und Romane. „Liebe auf Bestellung“ ist ihre erste Romanveröffentlichung.

Deutschsprachige Erstausgabe Dezember 2011
verlegt durch Oldigor Verlag
Drosteallee 25, 46414 Rhede

1. Auflage
Covergestaltung: Oldigor Verlag
Foto und Grafik: iStock Foto
Druck: E. Kurz +Co. Druck und
Medientechnik GmbH, Stuttgart
Printed in Germany
ISBN: 978-3-9814764-1-5
www.oldigor.de

Für
Annemarie und Susanne

Kapitel 1

Eine samtweiche Hand streichelt Marlenes Nacken, die vor Behagen wie ein Tigerbaby schnurrt. Langsam fährt ein Finger mit sanftem Druck weiter elektrisierend ihr Rückgrat hinunter, sodass sich unweigerlich eine Gänsehaut über ihren ganzen Körper zieht. Wo wird die Hand als Nächstes hinwandern? Marlene räkelt sich genüsslich unter der Seidenbettdecke, bis ein schriller Klingelton ihren Fantasien ein Ende bereitet. Mechanisch schlägt sie auf den Ausschalter des Weckers auf dem Nachttisch und realisiert, dass alles nur ein schöner Traum war. Sie hasst das frühe Aufstehen, noch dazu allein. Dabei muss sie als Gerichtsreporterin in der Regel nur zweimal wöchentlich so zeitig aus den Federn. Die Verhandlungen für Strafsachen finden dienstags und donnerstags statt. Diese Woche sind leider mehrere Verhandlungstage am Morgen angesetzt, und heute ist die Urteilverkündung. Diese darf sie auf keinen Fall verpassen, sonst wären die vergangenen Tage im Gerichtssaal für den Henker, denn ein Artikel ohne Ausgang des Verfahrens würde ihren Chef von der Zeitung *Am Puls der Zeit* sicher nicht freuen.

Marlene möchte noch fünf Minuten die wohlige Wärme unter der Decke spüren und dabei an Stephan denken, was ihr offensichtlich nicht vergönnt ist. Das Handy, das sie zuletzt im Bad auf dem Wannenrand hat liegen lassen, macht sich mit der Melodie *Diamonds are forever* bemerkbar. Sie hat keine Wahl, sie muss aufstehen, um den Anruf entgegenzunehmen und damit ihre Neugierde zu befriedigen.

Im Glauben, es sei ihr Liebster, säuselt sie in den Hörer: „Morgen, mein Süßer.“

„Wen immer du süß findest! Schön, dass du wach bist. Das wollte ich nur wissen", meint Julia.

„Was bist du denn schon so früh auf dem Plan?" Marlene gähnt ungeniert in den Hörer.

„Du selbst hast mich gebeten, dich vorsichtshalber zu wecken."

„Danke, du treue Seele. Wenn ich dich nicht hätte, wäre ich wahrscheinlich schon lange meinen Job los."

„Komm in die Gänge. Wir quatschen heute Abend ausführlich beim Italiener."

Marlene verabschiedet sich mit einem dankbaren Lächeln auf dem Gesicht. Ihre Freundinnen sind wahre Schätze, vor allem Julia, die sie seit dem Kindergarten kennt. Sabine und Gabi gesellten sich in der Grundschule dazu, und seitdem gelten die vier als das unzertrennliche Kleeblatt. Manche Nacht haben sie sich gemeinsam in Freud und Leid um die Ohren gehauen, vor allem, wenn eine von ihnen Liebeskummer hatte. Marlene gesteht sich ein, dass dies bisher meistens ihr Privileg war. Immer wieder hat sie Männer an sich gezogen, die bereits anderweitig gebunden waren. Aber mit Stephan ist jetzt alles anders. Nur bedauerlich, dass er nie eine ganze Nacht bei ihr verbringt, da er sich um seine pflegebedürftige Mutter kümmert, die nicht so lange allein bleiben kann. Verantwortungsbewusst ist er demnach, eine Eigenschaft, die Marlene bei ihren anderen Beziehungen vermisste. Da will sie gerne zurückstecken, bis Stephan seine Mutter in einer angemessenen Einrichtung untergebracht hat, auch wenn sie lieber in seinen starken Armen aufwachen und anschließend mit ihm frühstücken würde. Irgendwann wird dies passieren, alles eine Frage der Zeit, und dann wird es schöner werden, als sie sich es jetzt ausmalt.

Marlene schlürft nach einer etwas zu ausgiebigen Dusche

noch schnell einen Schluck kalten Kaffee und verzieht das Gesicht. Unter der Dusche war es so schön warm. Sie liebt es, wenn der heiße Wasserstrahl ihren Rücken massiert. Einige Male hatte sie die Hand zum Hahn gehoben, um ihn abzudrehen. Vergeblich, denn der Wunsch, die wohlige Wärme einen Augenblick länger zu genießen, war stärker. Da Marlene die Eile morgens kennt, schüttet sie nie Kaffee vom Vortag weg, wenn welcher übrig bleibt. Wenigstens einen Schluck braucht sie, um den Tag zu beginnen, auch wenn er kalt ist. Während sie ihn hinunterwürgt, sucht sie mit Blicken die Küche nach ihrer Tasche ab. Wo hat sie die gleich wieder hingelegt? Im Flur wird sie fündig und kontrolliert, schon halb im Treppenhaus, ob alles Notwendige wie ihr Blackberry drin ist.

Hektisch erstürmt Marlene die Treppen des Gerichtsgebäudes und rasselt dabei mit Richter Hornung zusammen.

„Guten Morgen, Frau Graf!" Er zwinkert ihr verschmitzt zu. „Wieder mal auf den letzten Drücker unterwegs?"

Marlene nickt kurz und verschwindet eilig in der Drehtür des Gerichts. Ihren Ruf, immer einen Tick zu spät zu kommen, wird sie wohl nie wieder loswerden. Zu oft ist sie in den letzten Jahren zu spät zum Verhandlungsbeginn erschienen.

Die Tür zum Gerichtssaal steht zum Glück noch einen Spalt offen, und sie huscht im letzten Moment hinein, bevor der Gerichtsdiener niemanden mehr einlässt. Jeder Sitzplatz ist besetzt, und Marlene steht gedrängt zwischen sensationslüsternen Zuschauern und Presseleuten.

Stephan hat sich wie immer konzentriert über seine Akte gebeugt. Er versucht, kurz vor der Verhandlung die Unruhe im Raum auszublenden. Zwar strahlt er bei seinen Plädoyers Sicherheit und Kompetenz aus, aber Marlene weiß, dass er selbst nach vielen Jahren in diesem Job immer noch Lampenfieber hat.

Das hat er ihr einmal in einer Liebesnacht verraten.

Marlene versucht, über alle Köpfe hinweg Blickkontakt mit Stephan aufzunehmen. Ein freudiges Kribbeln nimmt von ihr Besitz, und sie erinnert sich mit einem Lächeln an den nächtlichen Traum. Seine stahlblauen Augen, sein athletischer Körper und das weltmännische Auftreten als Staatsanwalt ließen ihre Schmetterlinge im Bauch Hip-Hop tanzen, als sie ihn vor einigen Wochen zum ersten Mal im Gerichtssaal erlebte. Er war von der Provinz nach München versetzt und damit auf der Karriereleiter nach oben befördert worden. Wie so oft kam sie zu spät, und peinlicherweise unterbrach Stephan sein Plädoyer mit den Worten in ihre Richtung: „Wenn Sie bitte geräuschlos Platz nehmen wollen. Ich würde gerne fortfahren.“

Marlene lief dunkelrot an, nicht weil ihr die Situation unangenehm war, sondern weil sein Blick mitten in ihr Herz traf. Ihre sonst so burschikose Art, Interviews mit Richtern und Staatsanwälten zu führen, misslang an jenem Tag gründlich. Sie stotterte ins Mikrofon, als sie Stephan nach der Verhandlung fragte, ob er mit dem Urteil zufrieden wäre oder Revision einzulegen gedächte.

Er schlug souverän vor, das Gespräch in ein Restaurant zu verlegen. Das würde Marlenes Nervosität vielleicht eindämmen. Nur zu gerne nahm die Reporterin diese Einladung an. Daraus wurde der Beginn ihrer leidenschaftlichen Beziehung.

Das Eintreten der Richtercrew in den Saal holt Marlene in die Gegenwart zurück, und sie kramt ihr Blackberry aus der Handtasche hervor. „Oh nein“, kreischt sie, sodass sich alle Blicke auf sie richten. Das Gerät ist mit rotem Lippenstift überzogen, dem auch Marlenes Finger zum Opfer fallen und der diese blutig aussehen lässt.

Schadenfrohes Gelächter breitet sich im Saal aus. Verzweifelt hält der Pechvogel des Tages das Gerät in der einen Hand, während er mit der anderen fieberhaft in der Tasche nach etwas zum Säubern sucht. Marlene möchte auf der Stelle im Boden versinken. Ein Mordprozess, der mit schallendem Gelächter beginnt, geht bestimmt als einzigartig in die Geschichte dieses Gerichtes ein. Warum passiert nur ihr so etwas?

„Vielleicht kann jemand der Dame ein Taschentuch leihen? Ich möchte die Verhandlung gerne heute noch eröffnen", meint der vorsitzende Richter, genervt über seinen Brillenrand blickend.

Nachdem daraufhin eine ganze Armee an Taschentüchern den Weg zu Marlene gefunden hat, kann es endlich losgehen.

Es werden die üblichen Plädoyers von Staatsanwalt und Verteidiger gehalten, wobei Stephan eine lebenslängliche Freiheitsstrafe für den Koch fordert, der seine Chefin mit dem Tranchiermesser ermordet haben soll. Der Verteidiger verlangt für seinen Mandanten Freispruch wegen Mangels an Beweisen. Schließlich ziehen sich die Richter zur Beratung zurück.

Schnell verlässt auch Stephan den Gerichtssaal, um sich wie gewöhnlich bis zur Urteilsverkündung in sein Büro zurückzuziehen.

Marlene schlängelt sich durch die Menschenmenge, die sich heftig diskutierend und über den Ausgang des Prozesses spekulierend versammelt hat, um Stephan in sein Zimmer zu folgen. Sie sehnt sich danach, von ihm in die Arme genommen zu werden, ihn zu riechen und zu schmecken und dadurch ihren peinlichen Auftritt zu vergessen. Sie klopft an die Tür und drückt die Klinke herunter, ohne eine Antwort abzuwarten. Erstaunt muss Marlene feststellen, dass die Tür verschlossen ist. „Vielleicht ist er zur Toilette gegangen", mutmaßt sie und will sich auf den Rückweg machen, als Stephans Sekretärin mit einem Rosenstrauß im Arm auftaucht.

„Hallo, Frau Graf, ist Herr Berger nicht in seinem Zimmer?“

„Nein, die Tür ist zu.“

„Warten Sie, ich schließe Ihnen auf. Er wird schon nichts dagegen haben, wenn ich Sie kurz reinlasse.“ Schon hat die Sekretärin Marlene den Blumenstrauß samt Vase in die Hand gedrückt. „Ich bin spät dran, bitte stellen Sie die Blumen einfach auf den Schreibtisch. Er weiß dann schon Bescheid.“

Marlene tut wie ihr befohlen und steckt ihre Nase in den Rosenstrauß. Wie verführerisch es daraus duftet! Dass Stephan Blumen für sie besorgt hat, löst Glücksgefühle in ihr aus. Welche Frau wird nicht gerne von ihrem Geliebten verwöhnt? Als sich Marlene gerade wieder vom Schreibtisch abwenden will, fällt ihr eine aufgeklappte Glückwunschkarte zwischen den Akten auf. Sie kann der Versuchung nicht widerstehen, riskiert einen Blick auf das Geschriebene und liest zu ihrem maßlosen Erstaunen:

Meiner geliebten Eva, der besten
Ehefrau und Mutter meiner Söhne,
alles Gute zum Geburtstag.
In Liebe, Dein Steph.

Marlene glaubt im ersten Moment nicht, was sie sieht. Die Buchstaben tanzen vor ihren Augen, und sie muss sich an der Tischkante festhalten, um nicht zu straucheln.

Dann ein gellender Schrei: „Dieses elende Schwein!“

Die ganze Wahrheit steckt in diesen wenigen Worten auf der Karte. Vor Marlenes innerem Auge verwandelt sich die nette alte Dame, um die sich Stephan angeblich so aufopfernd kümmert, in das Bild eines Feuer speienden Drachen, der jeden auslöscht, der sich seinem Reich nähert. Von wegen einsamer, romantischer Single!

Der Leichenblässe im Gesicht folgt ein Dunkelviolett aufgrund aufsteigender Wut. Marlene reißt die Vase an sich und schleudert sie samt Inhalt quer durchs Zimmer. Sie zerbricht in tausend Stücke, Wasser spritzt an die Wand und ergießt sich dann über den Aktenberg auf einem Rollwagen. Anschließend zerreißt Marlene die Geburtstagskarte und verstreut die Schnipsel über den Schreibtisch. Wie konnte sie nur so dämlich sein und wieder mal auf einen besetzten Typen hereinfallen? Es ist doch klar, dass etwas nicht stimmt, wenn ein Mann nie über Nacht bleibt. Marlene weiß nicht, ob ihre Wut Stephan gilt oder ihr selbst.

Wenn man an den Teufel denkt, steht er plötzlich im Türrahmen. Stephan realisiert sofort, dass Marlene sein kleines Geheimnis entdeckt hat.

Er macht einen Schritt auf sie zu und setzt an: „Es ist nicht so, wie du denkst. Ich ...“

„Halt die Klappe“, faucht Marlene, „du bist hier nicht im Film, du verlogener Scheißkerl.“ Gut, dass dies ihre Mutter nicht hören kann, die ihr einziges Kind sehr konservativ erzogen hat und solche Wörter niemals in den Mund nehmen würde. Ohne Stephan eines weiteren Blickes zu würdigen, rennt Marlene an ihm vorbei und flüchtet mit Lichtgeschwindigkeit aus dem Gerichtsgebäude. Die Urteilsverkündung ist ihr so was von egal. Nie wieder will sie Stephan begegnen. Sie stürzt die Stufen hinunter, als wäre ein Rudel gefräßiger Löwen hinter ihr her. Sie will nur noch nach Hause und sich die Bettdecke über den Kopf ziehen, um nichts mehr von Stephan zu sehen und zu hören.

Nur wenige Straßen vom Gerichtsgebäude entfernt, beobachtet Dr. Jan Hansen in seinem Büro in der Universität auf seinem Bildschirm einen simulierten Vulkanausbruch und notiert sich einige Daten. Der Geophysiker ist so vertieft in seine Tätigkeit, dass er Prof. Müller nicht bemerkt, als dieser sich ihm gegenüber auf den Stuhl setzt. Jan nimmt ihn erst wahr, als er sich amüsiert räuspert. „Schön, den Assistenten so fleißig bei der Arbeit zu sehen."

Endlich schaut Jan leicht abwesend über den Bildschirm hinweg direkt in Müllers zu einem Schmunzeln verzogenes Gesicht. „Hallo, Chef, hab Sie gar nicht gehört."

„Kein Problem, wollte mich von Ihnen verabschieden, Hansen. Wir sehen uns ja jetzt lange nicht, da Sie schon in Sizilien sind, wenn ich von Patagonien wiederkomme."

Müller kratzt sich am Kinn, was sein Markenzeichen ist, als wolle er ständig überprüfen, ob sein Bart noch an der richtigen Stelle sitzt. Das ganze Institutspersonal macht sich darüber lustig. Jan hält sich aus dem Getratsche der anderen völlig heraus. Er interessiert sich nicht dafür, da er seinen Chef und dessen fachliche und menschliche Kompetenz sehr schätzt. Was dieser für Macken hat, ist ihm egal. Es zählen einzig die tollen wissenschaftlichen Gespräche, die die beiden auch außerhalb ihrer Dienstzeiten miteinander führen, manchmal bis nach Mitternacht. Wenn längst alle anderen Institutsangehörigen ihren Feierabend genießen, hocken Hansen und Müller beisammen und philosophieren über den Klimawandel und seine möglichen Auswirkungen. In einer Weltkugel getarnt, hortet Müller in seinem Büro eine kleine Bar. Zu vorgerückter Gesprächsstunde füllt er zwei Gläser mit spanischem Cognac, was zum Ritual geworden ist. Nie würde Jan auf die Idee kommen, sein Wissen über diesen heimlichen Vorrat seinen Kollegen preiszugeben, die den Chef glatt zum Säufer abstempeln würden. Jan rätselt, wieso Müllers Ehe schon fünfundzwanzig Jahre Bestand hat, obwohl sein Chef eher mit dem Institut verheiratet ist als mit seiner Frau.

Jan ist der Spagat zwischen Forschungsleidenschaft und Beziehung bisher nicht dauerhaft gelungen. Seine letzte Freundin hat ihm nach drei Monaten vorgeworfen, dass sie seine ewigen wissenschaftlichen Ausführungen über Vulkane, Tsunamis und Erdbeben nicht mehr hören könne. Er sehnt sich nach einer Partnerin, die seinen Forschungsdrang teilt. Wo sollte er sie kennen lernen, wenn nicht am Institut? Zwar gibt es dort einige Kolleginnen, aber die sind bereits alle gebunden, bis auf eine, die sich dann bei einem Date als lesbisch outete. Vielleicht ist die sizilianische Kollegin, mit der er demnächst einige Wochen am Ätna Messungen über die Vulkantätigkeit vornehmen wird, die Richtige. Seit Wochen lernt Jan in der Volkshochschule Italienisch, was ihm aufgrund seiner Lateinkenntnisse kein großes Problem bereitet. Er möchte optimal auf seine Forschungsreise vorbereitet sein, in jeglicher Hinsicht.

Als könne Müller Jans Gedanken lesen, fragt er nach dessen Vorbereitungen, und dieser gibt eifrig Auskunft: „Ich habe alle Simulationen für die Messungen durchgeführt. Es bleibt mir ja noch ein bisschen Zeit bis dahin."

Müller steht von seinem Stuhl auf, kratzt sich am Kinn und reicht seinem Assistenten die Hand.

„Machen Sie´s gut, Hansen, und verbringen Sie Ihren Urlaub nicht wie üblich im Institut. Auch ein Wissenschaftler braucht mal Abstand. Wollten Sie nicht sowieso ein bisschen früher nach Sizilien, um die Insel erst einmal als Tourist zu erkunden?"

Jan schüttelt den Kopf. „Ich bin lange genug dort, und hier habe ich einfach die besseren Arbeitsbedingungen."

„Dann sehen wir uns zu Semesterbeginn wieder – mit hoffentlich tollen Eindrücken und natürlich neuen, brauchbaren Erkenntnissen."

Jan schaut auf die Uhr. Er ist mit seinem Freund Ben im Biergarten verabredet. Widerwillig fährt er seinen Computer herunter. Wie immer kann er sich nur schwer von seinen Studien trennen, aber Ben war lange Zeit im Ausland, und Jan hat es nicht übers Herz gebracht, ihm eine Abfuhr zu erteilen. Schließlich sind sie seit der Schule eng befreundet und haben in ihrer Jugend als Rettungsschwimmer viele menschliche Fische gemeinsam aus den Badeseen rund um München gezogen. Außerdem herrscht an diesem Sommerabend eine drückende Hitze in der Uni, und selbst die geöffneten Fenster in Jans Büro bringen keine Kühlung. Da der Biergarten an einem kleinen See liegt, wird eine kühlere Brise wehen und ein eiskaltes Bier Jans Durst löschen. Wie so oft hat er vergessen, Getränke einzukaufen. Zu Hause würde folglich ein leerer Kühlschrank auf ihn warten. Sein Magen knurrt verdächtig. Gut, dass er kein Date mit einem weiblichen Wesen hat, das seine undefinierbaren Bauchgeräusche falsch interpretieren könnte.

Der Biergarten ist fast wegen Überfüllung geschlossen. Lange Schlangen warten vor dem Ausschank und der Essenausgabe. Zum Glück sind Jan und Ben vor dem Eingang verabredet, sonst würden sie sich in dem Gedränge niemals finden.

Jan ist wie immer einige Minuten zu früh. Er hasst es, unpünktlich zu sein. Da er keinen freien Fahrradständer mehr entdeckt, bleibt ihm nichts anderes übrig, als sein Rad am nächsten Baum zu befestigen. Seine Laune sinkt, als er feststellt, dass der kleine Schlüssel nicht im Schloss steckt. In der Eile hat er vergessen, ihn vor dem Losfahren an der Uni abzuziehen. Offensichtlich hat er ihn in einem Schlagloch auf der Strecke verloren.

„Hey, Jan, was wurschtelst du da am Baum rum?“ Auch ohne sich umzudrehen, weiß Jan sofort, dass die Stimme zu Ben gehört. „Sag mir lieber mal, was ich ohne Schlüssel zum Schloss mit meinem Rad machen soll!“ Er dreht sich zu seinem Freund um, dessen Zähne noch weißer wirken als sonst, weil er dunkelbraun gebrannt ist. Ben sieht umwerfend aus in seiner knackigen Jeans und dem hellblauen Shirt. Eine Mädchentraube kichert verdächtig in einiger Entfernung und schaut immer wieder zu den beiden Männern herüber.

„Kaum zurück in Deutschland und bereits mit einem Harem ausgestattet!“, zwinkert Jan und deutet mit Blicken in Richtung der Mädchen.

„Nur kein Neid, mein Lieber! Die sind selbst mir etwas zu jung. Gib dein Rad her! Ich kenne die Bedienung vom Ausschank. Wir stellen es einfach hinter den Schuppen. Da wird sich ohnehin niemand dran vergreifen.“

Damit hat Ben zweifellos recht, denn Jans Drahtesel hat seine besten Tage wirklich hinter sich.

„Praktisch, mit einem Womanizer unterwegs zu sein“, stellt Jan nüchtern fest und klopft Ben zur Begrüßung auf die Schulter. „Schön, dass du wieder im Lande bist.“

„Wie man´s nimmt. Du weißt, dass ich nicht freiwillig zurückgekommen bin. Aber lassen wir das Thema lieber.“

Die beiden Männer erreichen nebst Fahrrad den Hintereingang des Ausschanks. Ben steckt seinen Kopf zur Tür rein, und keine zwei Sekunden später hängt eine junge Frau an seinem Hals und küsst ihn ab.

„Hey, Cinderella, ich bekomme ja keine Luft mehr“, täuscht Ben Empörung vor.

„Dass du dich noch mal hierhertraust! Wie viele Sommer warst du weg?“ Die Bedienung lässt endlich von Ben ab.

„Es waren höchstens drei, meine Schöne. Sag, weißt du ein Sitzplätzchen für zwei einsame, durstige Männer?“

Wie Ben die Weiblichkeit wieder um den Finger zu wickeln

weiß! Jan kann da nur staunen. Einen Augenblick später sitzen die Freunde an einem schattigen Tisch, der sonst für die Pausen des Personals reserviert ist.

Bei einer Maß Bier und Leberkäse mit Kartoffelsalat lassen es sich die Männer gut gehen.

„Wovon lebst du im Moment? Hast du schon einen Job?“, fragt Jan interessiert und hält gespannt mit dem Essen inne.

„Hm, du darfst aber nicht lachen!“

„Spuck´s schon aus, hast du einen Hausmeisterposten oder etwas Anrüchiges angenommen?“ Jan nimmt einen größeren Schluck Bier.

„Anrüchig trifft die Sache schon eher! Ich jobbe als *Mann für alle Fälle*!“ Ben schmunzelt, als Jan sich mit vor Entsetzen geweiteten Pupillen verschluckt, und klopft ihm automatisch auf den Rücken. „Hey Alter! Nicht, was du denkst. Ich führe lediglich einsame Herzen aus, die keine andere männliche Begleitung haben.“

„Wohin?“

„Na, in die Oper, ins Musical, in den Zoo oder zu Geschäftsessen! Was die Damen halt wollen. Du willst mir nicht erzählen, dass du noch nie von solchen Agenturen gehört hast, oder?“

„Mir fällt dabei nur Richard Gere als Gigolo ein“, gibt Jan seine Unwissenheit zu.

„Es gibt auch Agenturen ohne Sex, und bei solch einer jobbe ich.“

Jan kann trotzdem nicht begreifen, warum sein Freund so etwas macht. Selbst wenn er am Hungertuch nagen würde, käme diese Art von Erwerbstätigkeit für ihn nicht infrage. „Was, wenn die Weiber dir dann doch an die Wäsche wollen?“

„Kein Problem, es ist alles im Agenturvertrag geregelt. Nur

Konversation ist in der Begleitung enthalten. Wie du mich kennst, ist das eine meiner leichtesten Übungen."

„Und wenn du dich in eine Kundin verliebst?"

„Ich verliebe mich nicht mehr, keine Sorge. Habe alles unter Kontrolle. Außerdem ist der Job nicht für die Ewigkeit, und im Moment hilft er mir über meinen Kummer hinweg."

Schnell bemüht sich Jan, das Thema zu wechseln. In noch nicht verheilten Wunden soll man nicht bohren. Ihm fällt auf die Schnelle nichts Besseres ein, als zu fragen, ob die Agentur auch einen Mann wie ihn einstellen würde, was Ben sofort wieder grinsen lässt. Er mustert seinen Freund von oben bis unten. „Sei mir nicht böse, Jan, aber der Job wäre nichts für dich."

„Soll das heißen, ich sehe nicht gut genug aus?"

Ben ist kein Mensch, der um den heißen Brei herumredet: „Bitte nimm das jetzt nicht persönlich, aber dein Künstlerhaar und dein saloppes Outfit sind nicht die Attribute, die die Agentur bei einem Mann für ihre Kartei sucht."

Bevor Jan überhaupt die Möglichkeit zum Widerspruch hat, fährt Ben fort: „Bei den Kundinnen ist außerdem gepflegter Small Talk gefordert, keine wissenschaftlichen Ergüsse über den Klimawandel."

„Wenn du meinst", stellt Jan ein wenig beleidigt fest, „aber du hast recht, der Job wäre nichts für mich." Damit ist das Thema für ihn gegessen. Er wollte mit seiner absurden Frage Ben lediglich von seinem Kummer ablenken und nicht selbst den *Anti-Womanizer-Spiegel* vorgehalten bekommen.

Kapitel 2

Julia gießt Sabine, Gabi und sich selbst einen Schluck Rotwein in die Gläser. „Den haben wir uns jetzt redlich verdient."

Sie hocken alle drei in Marlenes Küche und lassen die Köpfe hängen.

„Gut, dass sie endlich eingeschlafen ist. Morgen sieht die Welt schon besser aus!", meint Sabine.

„Du redest wie meine Oma. Morgen sieht gar nichts besser aus. Marlene wird aufwachen und vom Katzenjammer überwältigt werden." Julia betrachtet die Dinge wie immer nüchtern. „Ich bleibe auf jeden Fall heute Nacht bei ihr. Irgendwie fühle ich mich an dem Dilemma mitschuldig. Wollte ihr schon längst sagen, dass der *tolle* Stephan sich komisch verhält."

Gabi nickt: „Genau, er ließ sich am Wochenende nur bei ihr blicken, wenn er im Dienst zu einer Leiche gerufen wurde."

Sabine kichert: „Klingt wie in einem Gruselfilm."

„Und Marlene glaubte bedingungslos an die pflegebedürftige Mutter", macht sich Julia weiter Vorwürfe.

„Lasst uns lieber überlegen, wie wir Marlene auf andere Gedanken bringen können. Sie ist selbst verantwortlich für die Auswahl ihrer Männer. Niemand hätte ihr Stephan ausreden können. Dafür ist sie viel zu verknallt in ihn."

Sabine stimmt Gabi zu und erhebt sich von ihrem Stuhl. „Ich muss los. Es ist spät geworden, und Rolf wird sich wundern, wo ich bleibe."

„Ich komme mit!", erklärt Gabi. „Wir müssen uns aber wegen Marlenes dreißigstem Geburtstag treffen. Wann habt ihr Zeit?"

„Ach, lasst uns morgen telefonieren und was ausmachen."

Sabine schlüpft in ihre Strickjacke und umarmt Julia zum Abschied. „Pass gut auf unser viertes Kleeblatt auf, hörst du?“

„Versprochen, also dann bis morgen, ihr beiden!“ Julia schließt ganz leise die Haustür hinter den Freundinnen ab und schleicht in Marlenes Schlafzimmer. Dort sieht es wüst aus. Unzählige gebrauchte Taschentücher sind auf dem Bett verstreut, die Julia vorsichtig einsammelt, um Marlene nicht zu wecken. Auch die Gläser und zwei leere Rotweinflaschen wandern in die Küche. Dann zieht sie bis auf ihre Unterwäsche und ihr T-Shirt alles aus und krabbelt mit unter die Seidendecke, unter der vor kurzem wohl noch Stephan gelegen hat. Julia kann nicht einschlafen und betrachtet das Gesicht ihrer Freundin. Sie sieht selbst mit ihren von den Tränen verlaufenen Kajalspuren im Gesicht attraktiv aus. Dafür sind ihre ungewöhnlich langen Wimpern, ihre zierliche Nase und die beiden Grübchen in den Mundwinkeln verantwortlich. Wieso findet eine Frau wie Marlene keinen unbesetzten Mann? Julia wird das Rätsel in dieser Nacht nicht lösen. Sie weiß nur eines, sie ist glücklich mit ihrem Singleleben. Oder etwa nicht? Julia ist bisher keinem männlichen Exemplar begegnet, für das sie ihre Unabhängigkeit hätte aufgeben wollen. Sie liebt ihren Beruf, und an den Wochenenden fährt sie zu ihren Eltern, die sich vor einigen Jahren den Traum vom Reiterhof erfüllt haben und ihr die Apotheke überließen. Die perfekte Abwechslung! Sie genießt es, durch Wälder und Felder zu reiten und dabei alle anderen Gedanken auszublenden. Wie oft hat sie Marlene schon zu überreden versucht, mit aufs Land zu fahren und nicht auf Stephans gnädigen Anruf zu warten, ob er am Samstag oder Sonntag vorbeischaut. Marlene hatte immer fadenscheinige Ausreden. Mal gab es dringende Artikel zu schreiben, mal hatte sie starke Kopfschmerzen. Julia glaubt, den wahren Grund zu kennen. Marlene scheut das frühe Aufstehen, das auf einem Hof bekanntlich unausweichlich ist. Lieber langweilt sie sich zu Tode und wartet vergeblich auf das Erscheinen von ihrem Lover.

Julia bemerkt nicht, dass ihre Freundin aufgewacht ist und sie beobachtet. Marlene legt intuitiv ihre Hand auf Julias Arm, die aus ihren Grübeleien aufschreckt und fragt: „Habe ich dich geweckt?“

„Nein, gar nicht! Süß von dir, dass du bei mir geblieben bist. Ich habe wohl einige Gläser zu viel intus!“ Marlene fasst sich an ihren dröhnenden Kopf.

„Soll ich dir ein Aspirin holen?“

„Nee, lass mal, du tust schon genug für mich. Ich kann mir notfalls selbst eine Tablette holen, wenn es schlimmer wird.“

Julia schaut besorgt: „Wie fühlst du dich sonst? Ich meine außer dem Brummschädel?“

„Na, so schnell werde ich den Schock nicht verdauen.“ Plötzlich setzt sich Marlene ruckartig auf und reißt panikartig die Augen auf. „Da gibt es noch ein ganz anderes Problem.“

„Welches denn?“

„Ich habe keinen Artikel über die Verhandlung und die Urteilsverkündung bei meinem Chef abgegeben. Wie auch, ich bin ja wie eine von der Mafia Verfolgte weggerannt, als ich Stephan auf die Spur gekommen bin.“

„Das heißt, du hast die Schlagzeile der Woche vermasselt wegen dieses Mistkerls?“ Julia will das nicht glauben.

„Ja!“

„Hat dich dein Chef denn nicht angerufen, als du nicht aufgetaucht bist?“

„Keine Ahnung“, gibt Marlene kleinlaut zu, „ich habe das Handy sofort ausgemacht, als ich aus dem Gericht lief, weil ich nicht mit Stephan noch mal reden wollte.“

„Na sauber! Willst du nicht nachschauen, ob dein Chef sich gemeldet hat?“

„Was soll das nützen? Jetzt ist sowieso alles zu spät. Die anderen Zeitungen werden morgen das Rennen machen. Ich bin erledigt.“ Marlene sinkt zurück in die Kissen.

„Nun sieh mal nicht zu schwarz. Kann doch jedem mal passieren, dass ein Artikel in die Hose geht. Du hättest ja auch krank sein können.“

„Wenn ich krank bin und nicht zu einer Verhandlung gehen kann, bin ich verpflichtet, das umgehend zu melden. Dann schickt die Redaktion einen anderen Reporter hin.“

Julia gibt sich geschlagen. Das sieht wirklich nicht gut für Marlene aus. Die Freundin kann wohl kaum argumentieren, der Staatsanwalt habe sie mit seiner eigenen Ehefrau betrogen und eine weitere Verfolgung der Verhandlung wäre ihr deshalb unzumutbar gewesen. Wie kann sie Marlene helfen? Als könne diese Julias Gedanken lesen, kommt es über ihre Lippen: „Ich bin einfach eine Chaos-Queen. Ich muss mein Leben ordnen und werde von jetzt an mein Herz nicht mehr verschenken, sondern mich bloß mit Männern amüsieren. Und zwar auf ihre Kosten, nicht auf meine.“

Julia zieht die Nase kraus. Sie kennt Marlene schon so lange und ahnt, dass die Umsetzung ihres Vorsatzes nicht funktionieren wird. Es ist in diesem Moment jedoch besser, Marlene nicht zu widersprechen. Stattdessen gähnt sie lautstark: „Lass uns noch eine Runde schlafen. Ich muss morgen leider pünktlich um acht Uhr die Apotheke aufschließen.“

„Danke, dass du für mich da bist.“

Die Freundinnen umarmen sich kurz, und dann rollt jede sich in die entgegengesetzte Richtung, um ein wenig Schlaf zu finden.

Als Marlene am nächsten Tag in der Redaktion erscheint, schlägt ihr eine arktische Kälte entgegen. Alle werfen ihr vielsagende Blicke zu, und eine Kollegin flüstert: „Hoffentlich hast du eine gute Erklärung für gestern. Der Chef ist außer sich. Die normale Auflage ist heute um die Hälfte reduziert."

Marlene klopft zaghaft an die Tür des Chefredakteurs. Ihr Herz will offensichtlich ihren Körper verlassen, so wild schlägt es Alarm. Auf ein *Herein* wartet sie vergeblich, stattdessen reißt Bernd Brand höchstpersönlich die Tür auf, lässt Marlene eintreten und knallt die Tür mit aller Kraft hinter ihr zu, sodass die Kollegen im angrenzenden Raum erschrocken zusammenzucken.

„Haben Sie mir etwas zu sagen, Frau Graf?" Er macht keine Anstalten, ihr einen Platz anzubieten, plumpst aber selbst in seinen Sessel und schaut erwartungsvoll über seinen Brillenrand.

Marlene versucht, ihren Herzschlag unter Kontrolle zu bringen, und benötigt einige lange Sekunden, um zu einer Antwort anzusetzen. Sosehr ihre Gehirnzellen in den letzten Stunden nach einer passenden Erklärung gesucht haben, ihr ist nichts eingefallen. Julia hatte sogar den Vorschlag gemacht, Marlenes Arm einzugipsen und zu behaupten, sie sei auf der Gerichtstreppe unglücklich gestolpert und erst im Krankenhaus wieder aufgewacht. Da wäre die Verhandlung schon längst vorbei gewesen. Marlene hat diese Idee gleich verworfen. Schließlich weiß sie als Diplom-Juristin, dass solch eine Vortäuschung falscher Tatsachen bei Entdeckung der Wahrheit unweigerlich den Arbeitsplatz kostet und sie nirgendwo eine neue Anstellung finden würde. In der Branche sprechen sich solche Dinge schnell rum. „Ich, ich ... habe es vermasselt und kann Ihnen den Grund nicht nennen."

Brands Gesicht läuft violett an. „Sie richten einen immensen Schaden an und sagen mir frech, Sie können mir den Grund nicht nennen?“ Er springt auf, sodass der Sessel gefährlich ins Wanken gerät, nimmt eine von den Zeitungen der Konkurrenz vom Schreibtisch und hält Marlene die fette Schlagzeile unter die Nase:

Sensationeller Freispruch für den Koch!
Bittere Niederlage für den Staatsanwalt!

„Seit Wochen läuft das Verfahren, und ich war so blöd, Ihnen allein die Reportage zu überlassen, weil Sie meine beste Gerichtsreporterin sind und zur Staatsanwaltschaft ein gutes Verhältnis haben.“

„Verhältnis hatten“, rutscht es unkontrolliert aus Marlenes Mund, die sich sofort auf die Lippen beißt.

„Wie dem auch sei, ob Sie mir den Grund Ihres Versagens nennen oder nicht, spielt letztendlich keine Rolle mehr. Sie sind entlassen!“

Wäre Marlene nicht bereits innerlich darauf vorbereitet gewesen, wäre sie jetzt bestimmt einer Ohnmacht nahe. Stattdessen reißt sie sich zusammen, macht einen Schritt auf Brand zu und verabschiedet sich mit den Worten: „Sie können mich mal!“

Erst auf der Straße realisiert sie das Ausmaß der Katastrophe. Zu dem privaten Dilemma gesellt sich die Arbeitslosigkeit. Als Gerichtsreporterin kann sie in dieser Stadt sicher keinen Blumentopf mehr gewinnen. Will sie auch nicht, denn Stephan dauernd über den Weg zu laufen, ist nicht ihr Plan. Wenigstens hat der Mistkerl mit dem Freispruch mächtig eins aufs Dach gekriegt. Das wird sein Ego schlecht verkraften. Die Schadenfreude ist wie Balsam auf ihrer verletzten Seele, löst aber ihr neues Problem nicht. Wie soll sie ihren Lebensunterhalt verdienen? Ihr Jurastudium hatte sie nur bis zum ersten Staatsexamen durchgehalten und auf das Referendariat zum Leidwesen ihres Vaters verzichtet, der natürlich seine Tochter als Nachfolgerin in seiner Anwaltskanzlei gesehen hatte. Marlene wollte immer schreiben. Bereits in der Schule hatte sie jahrelang die Redaktion der Schülerzeitung geleitet und immer für hohe Auflagen gesorgt mit Schlagzeilen wie *Welche macht das Rennen um die zukünftige Frau Knopf?* Marlenes Deutschlehrer war gleich zwei Kolleginnen zugetan. Allerdings musste sie ihren Artikel mit einer schlechten Deutschnote büßen, was ihr Vater zum willkommenen Anlass nahm, seiner Tochter ein Germanistikstudium auszureden.

Als Marlene ihm nach dem Examen offenbarte, keine juristische Karriere weiter anzustreben und stattdessen ein Volontariat bei einer Zeitung zu beginnen, sprach er zwei Jahre nicht mehr mit ihr, verkaufte seine Kanzlei umgehend an einen Fremden und wanderte mit ihrer Mutter nach Spanien aus, wo sie bereits seit vielen Jahren ein Ferienhaus haben.

Soll sie ihre Eltern um Hilfe bitten? Niemals! Marlene könnte die Kommentare ihres Vaters nicht ertragen nach dem Motto: *Wärst du mal in die Kanzlei eingestiegen, dann säßest du jetzt nicht auf der Straße*. Diese Genugtuung gönnt sie ihm nicht.

Marlene stolpert mehr über den Weg, als dass sie geht. Ihr Herz klopft immer noch rasend. Was liegt da näher, als bei ihrer Freundin Julia in der Apotheke vorbeizuschauen? Vielleicht kann sie ihr ein Beruhigungsmittel verabreichen.

Gedacht, getan! Der Verkaufsraum ist gut frequentiert. Es scheint eine Sommergrippe zu grassieren, denn Marlene hört, wie die Kunden nach fiebersenkenden Mitteln und Schnupfensprays verlangen. Sie beobachtet Julia in ihrem Element. Freundlich geht sie auf die Fragen der Kunden ein und erklärt geduldig die Dosierungen. Endlich wird sie auf Marlene aufmerksam und gibt ihr mit einem Blick zu verstehen, zur Tür mit dem Schild *Privat* zu kommen. Sie flüstert einer Angestellten etwas ins Ohr, woraufhin diese nickt und dann weiter bedient.

„Du siehst wie ausgewrungen aus!“, ist Julias Begrüßung. „Komm, ich mache dir einen starken Kaffee.“ Schnell schiebt sie die Freundin in die Apothekenküche.

„Ein Beruhigungstee wäre mir lieber.“

„Sollst du haben!“ Julia ist gleich eifrig bei der Sache. In ihrer Apotheke verkauft sie eigene Teemischungen aus den Kräutern, die auf dem elterlichen Bauernhof wachsen.

„Ich bin erlegt, geteert und gefedert!“ Marlene plumpst auf den Plastikstuhl, der an einigen Stellen mit Heftpflastern zusammengehalten wird, während Julia den Tee aus verschiedenen Dosen zusammenmixt.

„So schlimm?“

„Schlimmer!“

„Dann hat er dich gefeuert?“ Intuitiv legt Julia ihre Hand tröstend auf Marlenes Schulter. „Ich hatte einen Funken Hoffnung, dass er sein bestes Pferd im Stall behält.“

„Ich kann froh sein, wenn der Typ mich nicht auf Schadensersatz verklagt. Die Hälfte der sonstigen Auflage war für die Tonne. Ein Albtraum für jeden Zeitungsverleger.“

„Ach du meine Güte! Daran habe ich gar nicht gedacht. Da hast du wirklich Mist gebaut.“

„Worauf du einen lassen kannst!“

Julia bewundert an ihrer Freundin, dass sie nicht weiter in Selbstmitleid zerfließt und anderen die Schuld in die Schuhe schiebt, sondern offen ihr Versagen zugibt. Das ist eine Stärke, die sie bereits in der Schule auszeichnete. Einmal hatte Marlene in Mathe von Julia abgeschrieben, natürlich auch die falschen Lösungswege. Es war klar, dass eine von der anderen abgeschaut haben musste, und der Betrug flog sofort auf. Marlene zögerte keine Sekunde und outete sich als die Übeltäterin, damit Julias Arbeit wenigstens zählte, auch wenn es nur ein knappes Ausreichend war. Sie selbst kassierte ein Ungenügend und wurde beinahe von ihrem Vater in ein Internat verfrachtet, der seine Ehre als Rechtsverdreher durch den Täuschungsversuch seiner Tochter verletzt sah.

„Was hast du jetzt vor? Willst du dich bei einer anderen Zeitung bewerben?“, fragt Julia und hält ihrer Freundin den dampfenden Teebecher hin.

„Keine Chance!“

„Und wenn du einige Wochen zu deinen Eltern nach Spanien fährst, bis sich die Wogen geglättet haben?“

„Meine Eltern würden sofort Lunte riechen. Ich komme sonst nur über Weihnachten. Meinem Vater will ich auf keinen Fall den Triumph gönnen, dass ich als Reporterin versagt habe und dazu noch wegen eines Kerls.“

„Verstehe!“

„Null Ahnung, was ich jetzt machen soll.“

„Brauchst du Geld? Ich kann dir welches leihen.“

Marlene lächelt Julia gerührt an: „Du bist wirklich lieb, aber zum Glück führe ich kein ausschweifendes Leben und habe etwas gespart. Das wird eine Weile reichen, bis ich einen Job gefunden habe.“

„Na, jetzt sieh mal nicht allzu schwarz. Nächste Woche feiern wir deinen Geburtstag und lassen es krachen.“

Es klopft an die Tür, und Julias Angestellte steckt den Kopf herein: „Entschuldigung, jemand will ein rezeptpflichtiges Medikament, hat aber keine ärztliche Verordnung dafür."

„Okay, Jasmin, ich übernehme das."

Julia trinkt noch schnell einen Schluck Tee und wendet sich an Marlene: „Tut mir leid, aber ich muss mal wieder hinter den Tresen. Heute ist wirklich viel los."

Kapitel 3

Julia, Sabine und Gabi treffen sich ohne Marlene beim Italiener, um deren dreißigsten Geburtstag zu planen. Allerdings hat sich die Lage innerhalb weniger Tage völlig verändert. Ursprünglich wollten die Freundinnen eine riesige Überraschungsparty veranstalten und Stephan einweihen, der Marlene unter einem Vorwand auf den Reiterhof von Julias Eltern fahren sollte. Dort hätten dann alle Freunde und einige Arbeitskollegen aus Marlenes Redaktion in einer freigeräumten Scheune das Geburtstagskind erwartet.

„Was machen wir denn jetzt?“, rätselt Gabi, „Marlene ist wohl kaum nach einem Überraschungsfest zumute.“

„Eher nicht! Ihre Exkollegen mag sie garantiert nicht sehen, und sicher wird der ein oder andere nach Stephan fragen.“ Sabine legt ihre Stirn in Falten. „Hat jemand eine andere Idee, was wir ihr schenken können?“

„Ich bin für einen Einkaufsgutschein. Sie steht doch auf hochhackige Pumps“, schlägt Gabi vor.

„Ja klar, womöglich noch von deiner eigenen Boutique.“

„Ich verkaufe keine Schuhe“, erwidert Gabi in einem patzigen Tonfall. „War ja nur ein Gedanke.“

„Hört auf zu streiten! Ich weiß etwas Besseres.“ Julia setzt eine geheimnisvolle Miene auf, die die beiden anderen gleich neugierig macht. „Wie wäre es mit einem Trip nach Venedig?“

„Venedig?“, entfährt es Sabine und Gabi wie aus einem Munde. „Was soll Marlene gerade jetzt allein in der Stadt der Verliebten?“

„Na, auf andere Gedanken kommen natürlich!“ Julia reagiert

ein wenig beleidigt, weil ihr Vorschlag nicht gleich Begeisterung auslöst. Sie kramt in ihrer Handtasche, zieht die Seite einer Zeitung heraus und zeigt mit dem Finger auf eine gelb markierte Annonce. „Wie wäre es denn damit?"

Sabine und Gabi sticht die Überschrift ins Auge:

Die Agentur „Ein Mann für alle
Fälle "bietet seriöse Begleitung für
die Singlefrau in allen Lebenslagen.

Gabi ist sprachlos, und Sabine findet erst nach einigen Sekunden des Luftschnappens aus ihrer Fassungslosigkeit heraus: „Wir sollen Marlene eine Reise mit Männerbegleitung schenken?"

„Warum nicht?", lässt Julia nicht locker.

„Weil sie von Männern die Schnauze voll hat." Gabi hält von der Idee gar nichts.

„Ich habe mit der Agenturchefin telefoniert. Marlene wird nichts davon mitbekommen, dass sie von einem von der Agentur engagierten Mann begleitet wird. Bereits im Flugzeug wird er rein zufällig neben ihr sitzen, sie charmant in ein Gespräch verwickeln und ihr den Aufenthalt in Venedig mit Gondelfahrt und schönem Essen versüßen."

„Entschuldige, aber du hast einen Vogel, Julia!", braust Gabi auf. „Wie will der das anstellen? Marlene wird ihn keines Blickes würdigen, nachdem, was sie gerade erlebt hat."

Sabine nickt zustimmend.

Julia sieht ihre Felle davonschwimmen, gibt aber nicht auf. „Hey Mädels, wo ist der Haken? Ein netter, attraktiver, charmanter Mann umgarnt Marlene diplomatisch, ohne ihr zu nahe zu treten, denn das darf er laut Agentur nicht. Gleichzeitig ist sie vor aufdringlichen Papagalli geschützt. Wo seht ihr das Problem?“

Diesmal schweigen Sabine und Gabi und scheinen darüber nachzudenken, ob Julias Argumente nicht doch überzeugend klingen.

Erwartungsvoll schaut Julia die beiden an: „Also, seid ihr dabei?“

„Hm … guttun würde es Marlene ja, wenn sie mal Abstand von hier und ihrem Dilemma gewinnt. Die letzten Tage lief sie wie ein Schluck Wasser in der Kurve rum.“ Sabine ist nicht mehr ganz abgeneigt.

„Was für ein Kerl käme denn dafür infrage?“, hakt Gabi vorsichtshalber nach.

„Wir können uns einen Typen aus dem Agenturkatalog aussuchen, der zu Marlenes Bildung und ihren Interessen passt. Natürlich agiert er unter einem Decknamen und wird auch Marlene gegenüber seine wahre Identität nicht preisgeben. Zurück nimmt er eine andere Maschine, denn zu viel Zufall wäre verdächtig.“

„Aber es kann sein, dass Marlene sich in den Kerl verliebt. Dann wäre die Katastrophe perfekt“, bohrt Gabi weiter nach.

„Das kann nicht passieren, da die Männer der Agentur gut geschult sind und es erst gar nicht so weit kommen lassen.“ Allmählich nervt die Fragerei, und Julia will ihr Vorhaben in trockene Tücher bringen. „Also entscheidet euch! Wir können ja abstimmen.“

Gabi lenkt ein, bittet Julia aber, den *Mann für alle Fälle* selbst auszusuchen.

Auch Sabine hat keine Zeit dafür und vertraut auf Julias Geschmack. „Bin gespannt, ob sich Marlene wirklich über unser Geschenk freut.“ Sie hält den Kellner auf, der gerade an ihrem

Tisch vorbeiläuft: „Kann ich bitte eine Pizza mit Thunfisch und Zwiebeln bestellen und eine Karaffe Wasser?“, und zu den Freundinnen gewandt, „wollt ihr auch noch was essen?“

Die beiden schütteln den Kopf, ordern aber jeweils ein weiteres Glas Rotwein.

„Wie bist du denn drauf? Ich denke, du verträgst so spät kein Essen mehr?“, will Julia wissen.

„Die Zeiten ändern sich eben. Übrigens habe ich für Marlene ein ganz persönliches Geschenk. Ihr werdet staunen.“

Bevor Julia und Gabi nachhaken können, erscheint der Kellner mit dem Rotwein und dem Wasser und verwickelt die Frauen in ein Gespräch über das *Dolce Vita* in seiner Heimat Sizilien.

Frau Röhrig, die Chefin der Agentur *Ein Mann für alle Fälle*, türmt einige Kataloge mit Männerfotos vor Julia auf einem Tisch auf, die direkt am nächsten Tag in der Mittagspause eine längere U-Bahn-Fahrt auf sich genommen hat.

„Lassen Sie sich ruhig Zeit! Die Namen der Kandidaten sind Pseudonyme, und das jeweilige Alter finden Sie unten rechts auf dem Bild“, meint Frau Röhrig. „Die Auswahl will gut getroffen sein.“

Nachdem die Chefin den separaten Raum verlassen hat, um am Empfang Telefonate entgegenzunehmen, beginnt Julia, im ersten Katalog zu blättern. Sie ist erstaunt, dass nicht nur junge Männer zu buchen, sondern alle Altersklassen und Interessen vertreten sind. Plötzlich hat sie keine Vorstellung mehr, wie der Mann an Marlenes Seite aussehen und welches Alter er haben soll. Vielleicht wäre es vernünftig, einen älteren, nicht so gut aussehenden Kandidaten zu nehmen? Das hätte den Vorteil, dass Marlene gar nicht erst auf andere Gedanken kommt. Aber würde sie den Ausgewählten dann überhaupt in ihre Nähe lassen? Bestimmt nicht! Julia verwirft diese absurde Idee wieder.

Nach drei Alben vergeblicher Suche nach dem geeigneten Objekt entschließt sie sich, den blödsinnigen Plan ad acta zu legen. Keinen dieser Typen kann sie ihrer Freundin zumuten. Sabine und Gabi hatten recht. Diese Art von Geschenk ist totaler Quatsch.

Frau Röhrig strahlt Julia entgegen, als diese mit den Katalogen unter dem Arm am Empfang erscheint. „Na, wer darf's denn sein?"

„Gar keiner!", kommt es nüchtern über Julias Lippen, „Sie haben keinen, der zu meiner Freundin passen könnte."

„Aber ..., das kann doch gar nicht sein. Haben Sie alle Kataloge durchgesehen? Es ist noch nie vorgekommen, dass eine Kundin nicht fündig geworden ist."

„Dann bin ich eben die Erste." Julia knallt die Alben förmlich vor Frau Röhrig auf den Tisch, die zusammenzuckt. Sie ist sauer, dass ihr tolles Geschenk zu platzen scheint. Sie kann für Marlene aber nicht irgendeinen Typen aussuchen, nur, um an ihrer Idee festzuhalten. Dann wird es eben ein Einkaufsgutschein. Gleich will Julia aus der Agentur flüchten, als ihre Augen für den Bruchteil einer Sekunde das Bild wahrnehmen, das Frau Röhrig gerade für ein Album zurechtschneidet. Es zeigt einen etwa Anfang dreißigjährigen Sixpackboy, braun gebrannt und mit einem strahlenden Siegerlächeln. Wie ferngesteuert deutet Julia auf das Foto: „Was ist mit dem?"

„Wem?"

„Na, mit dem auf dem Foto, das Sie in der Hand halten! Ist der auch zu buchen?"

Frau Röhrig wittert die Chance, das Geschäft doch noch abzuwickeln, und hält Julia bereitwillig das Bild hin. „Er heißt Kai und ist einer unserer besten Boys hier.“ Sie zögert keine Sekunde, wie gedruckt zu lügen, denn der junge Mann jobbt erst seit kurzer Zeit für die Agentur und hat so gut wie keine Erfahrung.

Julia wird durch die geschäftige Art Frau Röhrigs misstrauisch. „Wie kommt es dann, dass Sie ihn erst jetzt in einem Album präsentieren?“

Ohne mit der Wimper zu zucken, hat die gewiefte Agenturchefin die passende Antwort parat: „Weil alle Fotos im Abstand von sechs Monaten aktualisiert werden. Die Menschen verändern sich, nicht wahr?“

Julia gibt sich damit zufrieden, denn dieser Kai hat eine Ausstrahlung, dass ihr selbst ganz komisch im Magen wird. Gegen ihren zuvor gefassten Willen bucht sie den Mann für Marlene und bezahlt das ganze Paket, bestehend aus Flügen, Unterkunft und der Begleitung von Kai.

„Ich benötige ein Foto von Ihrer Freundin. Wie soll Kai sie sonst erkennen?“

„Ich denke, er sitzt automatisch im Flieger neben ihr?“

„Es ist zur Sicherheit, damit nichts schieflaufen kann.“

Julia hat zum Glück ein Foto in ihrem Portemonnaie, auf dem alle vier Freundinnen zu sehen sind. Es wurde geschossen, als sie spontan im letzten Jahr einige Tage auf Norderney verbrachten. „Die da, die Zweite von links, ist Marlene.“ Ungern gibt Julia das Foto her, aber es bleibt ihr nichts anderes übrig, wenn sie nicht noch mal den Weg zur Agentur zurücklegen will. Das würde auch nicht klappen, da die Apotheke heute länger aufhat.

Frau Röhrig fackelt nicht lange und kreist Marlene mit einem Kugelschreiber ein. „Ein Porträt wäre besser, aber was soll´s.“

Julia verabschiedet sich erst innerlich von dem Foto und anschließend von Frau Röhrig, die für den Auftrag dankt und umgehend mit dem gebuchten Mann telefoniert, als sie wieder allein ist.

„Hier Röhrig“, klingt es etwas übereifrig an Bens alias Kais Ohr. „Halten Sie sich die nächste Woche mal frei. Sie fliegen für einige Tage nach Venedig und begleiten eine Dame auf ihrer Reise.“

„Wie bitte?“ Ben versteht nicht.

„Sie haben richtig gehört. Kommen Sie bitte heute in der Agentur vorbei, und holen Sie sich die Unterlagen ab.“

„Was soll ich in Venedig?“

„Ich werde Ihnen alles erklären!“

„Ich leiste Damen stundenweise Gesellschaft, aber ganz bestimmt nicht auf einer Reise. Ich bin der falsche Mann für so was.“

„Aber die Kundin besteht darauf, dass Sie die Begleitung für ihre Freundin sind, und zwar, ohne dass diese es weiß oder bemerkt.“

Ben kratzt sich am Kopf. Das wird ja immer schöner. Mal zwei Stunden ins Musical oder zum Essen, gut, aber tagelang ein und dieselbe Dame begleiten, das scheint ihm zu anstrengend zu sein. „Wie soll das überhaupt gehen, ohne dass sie etwas davon mitkriegt?“ Vielleicht sieht Frau Röhrig ein, dass er für diese Art von Unternehmung nicht reif ist.

„Ihr Schaden wird es nicht sein“, lässt sich die Chefin nicht beirren. „Rechnen Sie sich aus, was Sie in den Tagen verdienen. Danach können Sie zwei Wochen Pause machen.“

Wo die gute Frau recht hat, hat sie recht. „Okay, ich kann mir Ihr Angebot mal anhören und bin in einer halben Stunde bei

Ihnen.“ Ben glaubt zwar nicht, dass Frau Röhrig ihn vor Ort überzeugen kann, will es sich aber mit ihr nicht verscherzen. Schließlich benötigt er die Aufträge der Agentur noch für eine Weile, und es ist eine angenehme Tätigkeit. Bisher hat er ausschließlich sehr nette Frauen mit seiner Begleitung beglücken dürfen.

Ben wirft sich seine dunkelbraune Lederjacke über und einen kritischen Blick in den Spiegel. Dann verlässt er seine Wohnung in Richtung Agentur, die nicht weit von seiner Wohnung entfernt liegt.

Frau Röhrig schiebt gerade eine neue Kundin mit dem entsprechenden Fotomaterial ins Nebenzimmer, als Ben den Empfangsraum betritt. Mit einem zuckersüßen Lächeln begrüßt ihn die Chefin, als wäre er das kostbarste Pferd im Stall.

„Schön, dass Sie so schnell gekommen sind. Ich habe gewusst, dass Sie mich nicht im Stich lassen.“

„Was heißt hier *im Stich lassen,* Sie haben fünfzig weitere Kandidaten, die weitaus mehr Erfahrung haben als ich.“

„Die aber alle nicht so gut aussehen“, probiert die Röhrig es jetzt mit Schmeicheleinheiten, kramt auf ihrem Schreibtisch das Foto mit Marlene und den Freundinnen hervor und zeigt auf den eingekreisten Kopf. „Das ist die Dame, die Sie nach Venedig begleiten sollen.“

Ben nimmt das Bild zur Hand und muss insgeheim zugeben, dass es keine Strafe wäre, einige Tage an der Seite dieser attraktiven Person zu verbringen, dazu in Venedig, wo er noch nie war. Auch die anderen drei Frauen würde er kaum von der Bettkante stoßen, wenn er nicht zurzeit von Beziehungen die Nase voll hätte und es die Agenturklauseln nicht verbieten würden. Er schätzt Marlenes Alter um die dreißig Jahre, also genau passend für ihn.

„Na, können Sie sich jetzt eher mit dem Gedanken anfreunden?“ Frau Röhrig sieht Ben an, dass er nicht mehr ganz so abgeneigt scheint.

„Okay, ich mach´s, aber hinterher will ich keine Vorwürfe hören, wenn es nicht nach Plan klappt.“

Anschließend erklärt die Chefin Ben die näheren Einzelheiten des besonderen Auftrags. Schließlich ist es nicht alltäglich, dass die zu begleitende Person nichts davon ahnen darf. Genau genommen ist es das erste Mal seit dem zehnjährigen Bestehen der Agentur. Sollte die Mission gut gelingen, sieht Frau Röhrig eine weitere Geschäftsidee geboren. Warum sollen Singlefrauen allein verreisen? Betuchtere Damen können sich eine Reisebegleitung leisten. Eine neue, lukrative Einnahmequelle winkt. Deshalb zeigt sie sich Ben gegenüber sehr großzügig. Er soll auf Kosten der Agentur neue Klamotten kaufen. Es muss alles stimmen.

Nachdem Ben den Vertrag mit den Agenturklauseln unterzeichnet hat, verlässt er das Büro mit dem Foto, der Flugkarte, dem Hotelvoucher und einem Budget, um Marlene auszuführen. Das Abenteuer kann beginnen. Bis dahin hat ihm die Röhrig freigegeben, damit er wirklich ausgeruht und motiviert seinen Job macht. Zu gerne hätte Ben allerdings erfahren, warum Marlene nichts von ihm wissen darf, aber selbst Frau Röhrig hat darüber keine Kenntnis. Ben macht sich keine Sorgen, ob es ihm gelingen wird, mit der ahnungslosen Kundin bereits im Flugzeug ins Gespräch zu kommen. So etwas ist eine seiner leichtesten Übungen. Notfalls kippt er sein Wasser aus Versehen über sie, und schon hat er einen Anknüpfungspunkt. Natürlich wird es nicht bei einer bloßen Entschuldigung bleiben, sondern er wird sie gleich auf einen Drink auf dem Markusplatz einladen. Ben reibt sich die Hände. Wirklich leicht verdientes Geld.

Kapitel 4

Die nächsten Tage verlaufen einfach schrecklich für Marlene. Wut, Verzweiflung und Traurigkeit nehmen im Wechsel von ihr Besitz. Sie hypnotisiert ständig ihr Handy in der Hoffnung, Stephan würde sich melden und alles als einen katastrophalen Irrtum hinstellen. Es kann nicht sein, dass er sie dermaßen täuschen konnte. Eine pflegebedürftige Mutter vorzuschieben, hinter der sich in Wahrheit Ehefrau und Kinder verbergen, ist das Allerletzte. Ob Eva etwas von ihr weiß oder ahnt? Die Ärmste! Marlene empfindet direkt Mitleid mit der unbekannten Frau. Die Entdeckung, dass der geliebte Mann einen betrügt, ist für sie selbst furchtbar genug, aber als Angetraute hat das Ganze zusätzlich eine andere Dimension. Da hat eine mögliche Trennung weitreichende Folgen. Wenigstens der juristische Kram bleibt Marlene erspart. Sie muss Stephan endlich aus ihrem Kopf und ihren Gedanken verbannen. Wie kann sie einen solchen Schweinehund nur eine Sekunde vermissen? Und dennoch tut sie es, denkt an die leidenschaftlichen Umarmungen, seine samtweichen Küsse und fließt vor unerfüllter Liebe dahin. Nie wieder möchte sie Stephan begegnen, nie wieder in seine verlogenen stahlblauen Augen schauen. Wird sie überhaupt noch einmal einem anderen Mann vertrauen können? Wohl kaum. Dass Stephan ihre Karriere als Gerichtsreporterin vorläufig ruiniert hat, könnte Marlene wie Rumpelstilzchen in Stücke reißen. Sie hat so sehr darum gekämpft, diesen Job gegen alle Widerstände auszuüben. Die Tatsache, dass ihr Vater deswegen lange nicht mehr mit ihr gesprochen hat, ging nicht spurlos an ihr vorüber. Es war ihr immer wichtig, dass er stolz auf sie sein konnte, aber seine Tochter vor allem liebte. Marlene ist davon überzeugt, dass es das Werk ihrer Mutter war, als ihr Vater plötzlich das Schweigen brach und anrief, um über die Hitzewelle in Spanien zu philosophieren, als würden sie das regelmäßig machen. Marlene ist ohne zu zögern darauf eingegangen, zu erleichtert war sie, dass endlich das Vater-Tochter-Verhältnis wieder in Ordnung war.

Wie ihre Mutter verraten hat, bezieht der Vater seit Jahren die Zeitung *Am Puls der Zeit* im Abonnement und liest jeden Artikel seiner Tochter. Im spanischen Bekanntenkreis zeigt er sie mit vor Stolz geschwellter Brust herum.

Marlene wird richtig elend bei dem Gedanken, dass er in Zukunft vergeblich nach ihren Reportagen Ausschau halten wird. Ganz bestimmt wird der Vater demnächst mit der für ihn typischen Ironie nachfragen, ob es in München keine Kriminellen und Prozesse mehr gibt. Was soll sie darauf antworten? Glücklicherweise geht das Gericht bald in die Sommerpause, und es wird vorerst nicht auffallen. Trotzdem bedeutet das lediglich einen kleinen Aufschub des Problems, denn statt ihres Namens steht bald der ihres Nachfolgers unter den Gerichtsartikeln. Spätestens dann kann ihr Vater eins und eins zusammenzählen. Es bleibt ihr folglich nichts anderes übrig, als Farbe zu bekennen oder so schnell wie möglich einen adäquaten anderen Job vorzuweisen.

In der Küche stapeln sich bereits die Zeitungen mit Anzeigen, und Marlenes Laptop droht heiß zu laufen. Nirgendwo ist eine Stelle als Reporterin oder Redakteurin in Sicht. Volontariate und Praktika, soweit das Auge reicht. Klar, für diese Jobs zahlt ein Arbeitgeber kaum etwas. Meistens gehen die lukrativen Angebote unter der Hand weg, indem man von einer anderen Zeitung abgeworben wird. Marlene könnte es mal bei einer ehemaligen

Kollegin versuchen, die jetzt allerdings für ein Frauenmagazin arbeitet, aber egal, besser als untätig die Hände in den Schoß zu legen.

Marlene findet in ihrem Notizbuch schnell die Nummer von Clara und versucht ihr Glück.

„Hey, lange nichts persönlich von dir gehört“, ist Claras Begrüßung.

Marlene überlegt, was die Kollegin mit *persönlich* meinen könnte. Weiß sie schon Bescheid? Um einen leichten, unverfänglichen Plauderton bemüht, setzt Marlene die Konversation fort: „Wollte mal hören, wie es dir so in deinem neuen Job gefällt. Ist ja schließlich etwas anderes, über die neusten Modetrends zu schreiben als über die Verurteilung eines Trickdiebes.“

Clara kichert etwas übertrieben. „Da hast du recht, es ist angenehmer, auf Modeschauen herumzuhängen als bei Gericht. Und du, immer noch auf der Jagd nach der Sensationsschlagzeile?“

Marlene ist sich plötzlich sicher, dass Clara längst von ihrer Entlassung weiß. Ihr Tonfall spricht Bände. Sie hat auf einmal keine Lust mehr, die Exkollegin nach einem Job zu fragen. Sie würde ihr ohnehin nicht helfen wollen. Deshalb ignoriert Marlene die Frage und täuscht vor, dass jemand gerade an ihrer Tür geläutet hat. „Ich melde mich wieder, ciao Clara.“ Sogleich hat sie die Austaste am Telefon betätigt und schüttelt über sich selbst den Kopf. Blöde Idee, ausgerechnet Clara anzurufen. Während sie selbst wegen ihrer juristischen Vorbildung die wirklichen Sensationsprozesse als Reporterin kommentieren durfte, kam Clara nur bei kleineren Delikten zum Zuge. Irgendwann war Clara es leid, bei Brand um interessantere Reportagen zu buhlen, und kündigte. Jetzt steht sie besser da bei ihrem Lifestyle-

Magazin als Marlene. Wer hätte das je vermutet? In diesem Moment klingelt es tatsächlich an der Tür. Vorsichtig lugt Marlene erst einmal durch den Spion, denn sie hat sich weder angezogen noch zurechtgemacht.

„Ich bin´s! Gabi!“ Marlene schließt die Tür auf und lässt die mit einer Brötchentüte bepackte Freundin herein.

„Hab mir gedacht, dass du allein nichts isst. Jetzt frühstücken wir erst einmal ausgiebig.“ Gabi haucht Marlene einen Kuss auf die Wange und läuft schnurstracks in die Küche, schiebt Laptop und Zeitungen beiseite, legt die Brötchen auf dem Esstisch ab und inspiziert den Kühlschrank.

„Na, das sieht ja mau aus. Kein Käse, keine Wurst! Von was lebst du denn?“

Marlene muss wider Willen lächeln. „Dass du immer alle bemuttern musst! Ich verhungere schon nicht, keine Sorge.“

Gabi wendet sich ihrer Freundin zu und mustert sie von oben bis unten: „Na, du konntest ja noch nie mit Hüftgold protzen, aber jetzt scheinst du in den letzten Tagen abgemagert zu sein.“

„Der Schein trügt. Außerdem tut dem Körper ein kleiner Entzug mal ganz gut.“

Gabi entdeckt im hintersten Winkel des Kühlschranks eine Packung Eier, vergewissert sich, dass das Verfallsdatum nicht abgelaufen ist, und angelt zielsicher aus dem Schrank unter dem Herd eine Bratpfanne. Man könnte glatt den Eindruck gewinnen, es sei ihre Küche und nicht die von Marlene. Schnell sind einige Eier aufgeschlagen, mit Salz, Pfeffer und einem Schuss Milch verquirlt und zu einem Omelett verarbeitet.

„Hast du heute deine Boutique geschlossen?“, will Marlene wissen.

„Nö, um die Uhrzeit ist nicht so viel los, und meine beiden Angestellten schaffen das allein. Das ist der Vorteil, wenn man selbstständig ist.“ Gabi schwenkt fachmännisch die Pfanne, und das erste Omelett gleitet auf den Teller. „Setz dich und probiere schon mal, bevor es kalt wird! Bin gleich mit meinem fertig.“

Marlene genießt tatsächlich das Frühstück und die Gesellschaft von Gabi. Sie weiß nicht, dass die Freundinnen einen Plan ausgetüftelt haben, um sich abwechselnd um sie zu kümmern. In zwei Stunden wird Julia anrufen und fragen, ob Marlene in der Mittagspause mit in den Biergarten geht. Für den Abend hat Sabine zwei Konzertkarten und wird behaupten, dass ihr Mann Rolf keine Lust hatte mitzukommen. Sie hatte mit ihm deswegen einen heftigen Streit, denn Bon Jovi gastiert selten in der Stadt. Schließlich hat Sabine Rolf überzeugt, dass er die Karte Marlene überlassen muss. Dafür hat Sabine ihm versprochen, beim nächsten Fußballspiel mitzugehen, und das ist ein wirkliches Opfer für sie. Auf diese Weise gewährleistet das Kleeblatt, dass die unfreiwillige Singlefrau nicht allzu viel Zeit hat, um Trübsal zu blasen.

„Schmeckt dir mein Omelett?“ Gabi schiebt sich etwas Ei auf eine Brötchenhälfte und sieht Marlene zweifelnd an. „Max mag jeden Tag eines zum Frühstück, sofern er da ist.“

„Echt lecker! Lieb von dir, dass du dich um mich sorgst. Ich gebe zu, dass ich mich zurzeit etwas hängen lasse. Geliebter weg, Job weg, das ist ein bisschen viel auf einmal. Ich weiß morgens nicht, wofür ich aufstehen soll.“

Gabi kaut erst zu Ende, bevor sie feststellt, dass Marlene ganz bestimmt neu durchstarten wird. Sie soll sich jetzt eine kleine Auszeit nehmen und Energie tanken, um die Arbeitssuche neu anzugehen. Natürlich hat Gabi die Venedigreise vor Augen. In wenigen Tagen sitzt Marlene im Flieger und wird allen Ärger und Kummer hinter sich lassen. Gabi ist fast ein wenig neidisch. Ihr und Max würde eine gemeinsame Reise auch guttun. Schon seit drei Jahren haben sie keine Zeit dafür. Entweder ist Max als Luft- und Raumfahrtingenieur beruflich auf Achse oder Gabi auf Modeschauen im Ausland, um neue Ware zu ordern. Wenigstens zum Heiraten haben sie einen gemeinsamen Termin vor einem Jahr gefunden. Eine Hochzeitsreise steht dagegen nach wie vor aus.

Wie aufs Stichwort bringt Marlene das Gespräch darauf: „Und schafft ihr beide es diesen Sommer, zusammen zu verreisen?“

Gabi verdreht die Augen: „Wahrscheinlich nicht. Zurzeit gibt es einige Luftfahrtmessen, wo Max hinmuss.“

„Na, je nachdem, wo das ist, könntest du mitfahren.“

„Was soll ich da? Max fachsimpelt den ganzen Tag mit Kollegen, und ich stehe dumm daneben. Ehrlich gesagt, interessiere ich mich nicht die Bohne für Flugzeuge und habe keine Ahnung, was genau mein Mann dabei für eine Funktion hat.“

„Hauptsache, er schleppt die Kohle an“, stellt Marlene kichernd fest.

„Ich verdiene mein eigenes Geld mit der Boutique und bin stolz darauf“, betont Gabi.

„Kannst du auch sein, aber es ist trotzdem beruhigend, dass im Notfall die andere Hälfte in Lohn und Brot steht, wenn es bei einem selbst nicht klappt.“

Gabi ergreift Marlenes Hand und drückt sie kurz: „Das wird schon wieder. Du wirst sehen, vielleicht ergeben sich bald ganz neue Perspektiven.“

„Wenn ich euch nicht hätte, wäre ich schon lange untergegangen. Ihr seid wie die weiblichen Musketiere. Eine für alle, alle für eine.“

„Dazu sind Freundinnen da, nicht allein zum Feiern und Fröhlichsein, sondern vor allem in schwierigen Lebenslagen.“

Gabis Blick fällt auf ihre Armbanduhr. „Ich muss los, es hat sich in der Mittagspause eine Promikundin angesagt, die unbedingt auf meine persönliche Beratung besteht. Vorher sollte ich einige Kleider aussuchen, die für sie infrage kommen könnten."

„Wer ist es denn?" Marlene kann ihre Neugierde nicht zurückhalten.

„Das darf ich wirklich nicht verraten. Diskretion ist oberstes Gebot, sonst stehen die Paparazzi bereits in der Umkleidekabine und wollen beim Ausziehen helfen."

„Wow, das muss ja eine Super-Promi-Tussi sein." Marlenes Reporterinstinkt ist geweckt, „dann wäre es gerade in deinem Interesse, wenn alle wüssten, dass sie sich bei dir einkleidet. Kenne ich sie?", bohrt Marlene weiter nach.

„Wenn sie bei mir fündig wird und zufrieden ist, bitte ich sie um ein Foto mit Autogramm, das ich im Laden als Werbung aufhängen darf."

Marlene gibt sich geschlagen und akzeptiert, dass Gabi den Namen der Kundin nicht preisgibt. Sie würde es umgekehrt auch nicht machen. Geschäftsprinzipien gehen eben manchmal vor Freundschaft.

Die beiden Frauen verabschieden sich auf Italienisch mit Wangenküssen, und Marlene dankt Gabi für das spontane Frühstück.

„Wir treffen uns übermorgen zu meinem Geburtstag abends beim Italiener. Willst du Max mitbringen?"

Gabi schüttelt energisch den Kopf: „Nein, er ist sowieso unterwegs, und Sabine schleppt ihren Rolf auch nicht mit. Ein Frauenabend ist ohnehin viel lustiger."

„Okay, einverstanden!" Marlene ist insgeheim erleichtert, dass die Männer nicht mitkommen. Sie kann harmonische Paare im Moment kaum ertragen. Am liebsten würde sie ganz auf das

Feiern verzichten. Ihr ist einfach nicht danach zumute. Sie möchte die Freundinnen jedoch nicht vor den Kopf stoßen, die sich darauf freuen.

⚖ ⚖ ⚖

Es ist Freitag, der Dreizehnte und damit Marlenes dreißigster Geburtstag. Sie hatte um Mitternacht eine kleine Flasche Sekt geöffnet und allein auf ihr eigenes Wohl und auf bessere Zeiten getrunken.

Julia, Gabi und Sabine ließen es sich nicht nehmen und schickten pünktlich eine SMS mit den innigsten Glückwünschen. Um acht Uhr am nächsten Morgen läutet das Telefon, das Marlene schlaftrunken von der Station nimmt.

„Alles Gute zum Geburtstag, mein Kind. Mögen alle deine Wünsche in Erfüllung gehen!“

„Danke, lieb von dir, Mama! Seid ihr vor den Hühnern aufgestanden?“ Marlene kann sich eine Bemerkung zu der frühen Stunde nicht verkneifen.

„Der Tag ist zu schade, um im Bett zu liegen. Wir haben bereits auf der Terrasse gefrühstückt. Schade, dass du und dein Stephan nicht hier seid. Wir würden deinen Neuen ja so gerne mal kennen lernen.“

Beim Namen von Stephan möchte Marlene am liebsten in den Hörer beißen. Damit nicht genug, sie hört die Stimme ihres Vaters: „Genau, wann führst du uns den Herrn Staatsanwalt endlich vor?“ Die Frage scheint ihm wichtiger zu sein, als seiner Tochter zum Geburtstag zu gratulieren.

„Er verträgt keine Hitze.“ Eine blödere Ausrede kann Marlene kaum einfallen. Schnell lenkt sie das Thema zurück auf ihren Ehrentag. „Ich feiere heute Abend beim Italiener, und vorher gehe ich ausgiebig mit dem Geld shoppen, das ihr mir überwiesen habt. Vielen Dank übrigens."

„Gern geschehen, es ist hier etwas schwierig, ein geeignetes Geschenk zu kaufen." Marlenes Mutter hat ihrem Mann offensichtlich das Telefon wieder entrissen. „Dann feiere mal schön!"

Marlene verabschiedet sich und ist erleichtert, dass das Thema „Stephan" so schnell abgehakt werden konnte und ihr Vater gar nicht nach ihrem Job gefragt hat.

Das Geld ihrer Eltern wird sie ganz sicher nicht vershoppen, sondern in ihrer prekären Situation in den Sparstrumpf stecken.

Es folgen im Laufe des Vormittags einige Glückwunschanrufe von Verwandten und anderen Freunden, aber der heimlich ersehnte bleibt aus. Wenigstens heute hätte Stephan den Anstand besitzen können, ihr zu gratulieren. Was heißt hier Anstand, kann er dieses Wort überhaupt buchstabieren? Mit Sicherheit nicht. Ob er ihr wie seiner Frau einen Rosenstrauß geschenkt hätte, wenn sie noch zusammen wären? Warum kann sie nicht einfach aufhören, an ihn zu denken? Aber Gefühle kann man nicht abschalten wie eine Maschine.

Am Abend erscheint Marlene frisch gestärkt beim Italiener. Sie hat sich zur Feier des Tages allen Sparvorsätzen zum Trotz den Besuch bei einer Kosmetikerin gegönnt und wurde mit einer Gesichtsmassage verwöhnt. Das anschließende Make-up übertüncht die Sorgenfalten der letzten Tage und passt perfekt zu Marlenes Hochfrisur, die sie selbst gesteckt hat. Ein türkisfarbenes Seidenkleid mit Kurzjacke betont ihre schmale Taille.

Da erstaunt es nicht, dass einige Männer bei ihrem Eintritt ins Lokal die Köpfe verdrehen und sich manch einer den Pfiff durch die Zähne mit Rücksicht auf seine anwesende Partnerin verkneift.

Der reservierte Tisch ist festlich gedeckt, und nun keimt auch in Marlene Vorfreude auf den bevorstehenden Abend auf. Ihr Lieblingskellner Guiseppe ist aus dem Urlaub zurück und spart beim Anblick Marlenes nicht mit Komplimenten. Wie gut ihr das tut.

Bevor die Freundinnen erscheinen, sucht sie mit Hilfe von Guiseppe die geeigneten Getränke zum Menü aus.

Alle drei tauchen gleichzeitig auf, umarmen Marlene nacheinander und überhäufen sie mit guten Wünschen für die Zukunft. Als Erstes gibt es ein Gläschen Prosecco. Gerne hätte Marlene stattdessen eine Flasche Champagner von Guiseppe köpfen lassen. „Auf dich und ein tolles neues Lebensjahr", hebt Gabi ihr Glas, und Sabine und Julia schließen sich an. Niemand bemerkt, dass Sabine nur nippt.

Nach der Vorspeise, einem Antipastiteller, kramt Julia mehrere Päckchen aus ihrer Tasche und türmt sie vor Marlene auf. Unter Gekicher der Freundinnen befördert das Geburtstagskind eine Karnevalsmaske zutage, die in den kitschigsten Farben schillert.

„Ist die zum Aufhängen an die Wand?", fragt Marlene etwas irritiert in die Runde. Sie möchte nichts Falsches sagen und nicht den Anschein erwecken, als würde sie sich nicht darüber freuen.

„Ja, kannst du, aber packe mal weiter aus!", rät Gabi mit einem verstohlenen Seitenblick zu den anderen beiden.

Sabine hält Marlene das nächste Päckchen hin, die erstaunt ist, eine Steigerung von Kitsch in Form einer beleuchtbaren Minigondel in den Händen zu halten.

Die Freundinnen können ein Lachen kaum unterdrücken, wissen sie doch nur zu gut, dass Marlene ihre Freude vortäuscht. Solch einen Klimbim würde sie niemals in ihrer Wohnung aufstellen oder aufhängen. Trotzdem kann es Gabi nicht lassen: „Gefallen dir unsere Geschenke?"

„Klar, sie sind einzigartig! Vielen Dank!"

Aber das Beste kommt wie immer zum Schluss. Das letzte Päckchen enthält einen Reiseführer von Venedig, und als Marlene ihn aufschlägt, fällt ein Gutschein heraus.

Gespannt warten Julia, Sabine und Gabi auf Marlenes Reaktion und werfen sich vielsagende, verschwörerische Blicke zu, während sie den Text liest. Eine Träne tropft auf die Karte. Marlene ist überwältigt vor Rührung, dass die Freundinnen ihr solch ein außergewöhnliches Geschenk machen. Sie springt auf und umarmt eine nach der anderen: „Ihr seid die Liebsten. Wie soll ich euch bloß dafür danken?"

Erleichtert zwinkert Julia Gabi und Sabine zu. Das war ja leichter als gedacht. Ein bisschen mulmig war der Apothekerin schon zumute. Nicht auszudenken, wenn Marlene die Reise nicht hätte antreten wollen, obwohl Julia bereits Plan B im Kopf hatte. Eine Stornierung der Reise wäre ausgeschlossen gewesen, also bliebe eine Lösung: Sie selbst wäre gefahren. Kai hat sich ohnehin in ihrem Kopf festgesetzt, ohne dass sie dagegen etwas tun kann. Seit wann steht sie auf Sixpacks? Seit wann schafft es ein Typ, ihr den Schlaf zu rauben? Außerdem entspricht ein Mann, der einer solchen Tätigkeit nachgeht, ganz sicher nicht ihrem Niveau. Julia hat allerdings größte Mühe, sich dies einzureden. Zum Glück fällt Plan B flach. Marlene wird in den Genuss kommen, von Kai durch die Lagunenstadt geführt zu werden.

„Ich sitze ja schon in vier Tagen im Flieger. Ihr seid wirklich verrückte Hühner." Marlene ist total aus dem Häuschen, und der Hauptgang droht kalt zu werden, weil sie ständig im Reiseführer blättert. Wozu noch an Stephan denken? In Venedig fängt das

Leben an, und das hat sie dem wunderbaren Kleeblatt zu verdanken.

Sie schaut auf in Richtung Sabine, die nicht nur das Glas Prosecco hortet, sondern auch nichts vom Wein getrunken hat.

„Was ist denn mit dir los? Schmeckt dir der Wein nicht?“

Eine leichte Röte überzieht Sabines Gesicht, das augenblicklich zu strahlen beginnt.

„Du bist doch nicht ...?“, mutmaßt Marlene.

Sabine nickt glücklich: „Ja, Mädels, ich bin schwanger!“

Das Kleeblatt kreischt durcheinander. Seit wann weiß es Sabine? In der wievielten Woche ist sie? Was? Bereits in der Zwölften, und keiner hat etwas geahnt. Julia täuscht Entrüstung vor.

„Darf ich mal zu Wort kommen, ihr zukünftigen Patentanten?“

„Hey, hat Sabine uns gerade befördert?“, johlt Gabi begeistert. Alle reden auf einmal auf die werdende Mutter ein und spekulieren, ob es ein Mädchen oder ein Junge wird.

Erst als Guiseppe weit nach Mitternacht die anderen Stühle hochstellt, weil alle Gäste gegangen sind, beenden die Freundinnen den gelungenen Geburtstagsabend.

Kapitel 5

Ben hat seinen Einkaufsbummel bis einen Tag vor der Abreise nach Venedig hinausgezögert. Er wollte unbedingt zuvor das Kilo Kummerspeck abnehmen, das sich in den letzten Wochen auf seine Hüften gelegt hat. Nicht nur Frauen sind Frustesser. Da Frau Röhrig ihn auf keine zusätzlichen Dates mehr geschickt hat, konnte Ben öfter ins Fitnessstudio gehen als sonst. Es hat sich gelohnt, denn das Kilo ist er wieder los. Die Chefin hat sich leider nicht klar ausgedrückt, welche Klamotten er kaufen soll. Am liebsten läuft er privat in Jeans und Lederjacke herum. Für die jeweiligen Dates im Konzert oder Theater hat er drei Anzüge und einen Smoking im Schrank. In Venedig dürfte wohl eher Freizeitkleidung angesagt sein. Vorsichtshalber wären eine gute Stoffhose, ein weißes Hemd und ein Sakko nicht verkehrt, falls er Marlene in ein edleres Lokal einlädt. Allerdings muss er das dafür vorhandene Budget gut einteilen. Venedig ist als teures Pflaster bekannt.

Zunächst macht es sich Ben bei einer Tasse Kaffee auf seinem kleinen Balkon gemütlich und liest dabei die Tageszeitung. Das Wetter könnte nicht besser sein. Schon am frühen Morgen sind es zwanzig Grad, und die Sonne hat freie Fahrt, da kein Wölkchen den Himmel trübt. Der Einkauf kann warten.

Ben rührt zwei Stück Würfelzucker in den Becher und kippt einen größeren Schuss Milch hinein. Während er die Zeitung umblättert, trinkt er einen Schluck, und die heiße Flüssigkeit verursacht plötzlich einen stechenden Schmerz im hinteren Mundwinkel. Fast fällt die Tasse zu Boden, denn Bens Hand geht automatisch zur äußeren, rechten Wangenhälfte. Das darf nicht wahr sein. Schnell rennt er ins Badezimmer, um im Spiegel in den Mund zu schauen, und traut seinen Augen nicht. Seine rechte Wange ist dick angeschwollen. Seinen Mund kann er nicht weit genug aufmachen, um erkennen zu können, welcher Zahn ihm Beschwerden bereitet. Für den Fall, dass mal der Strom nachts ausfällt, hat Ben eine Taschenlampe neben dem Bett deponiert, die er jetzt zur Hilfe holt. So gut es geht, leuchtet er mit ihr in den Rachen hinein. Im hinteren Bereich rechts am Backenzahn ist das Zahnfleisch stark gerötet. Eine schöne Bescherung! Das ist die Strafe, dass Ben in Südafrika nicht zum Zahnarzt gegangen ist. Bereits dort hatte er ab und zu Schmerzen bei zu heißen oder zu kalten Speisen und Getränken. Aber alle hatten ihm prophezeit, dass die afrikanischen Ärzte nicht lange fackeln und gleich alles ziehen, statt langwierig zu behandeln. Also entschloss sich Ben, das Problem so lange wie möglich hinauszuzögern. Als Kind bekam er Erstickungsanfälle, sobald sich ein Bohrer oder sonstiges Gerät seinem Mund näherte, und daran hat sich bis heute nichts geändert.

Jetzt gibt es kein Zurück, Ben muss zum Zahnarzt, wenn er morgen nach Venedig fliegen will. Hoffentlich kann er kurzfristig einen Termin bekommen. Nach fünf Telefonaten und eine halbe Stunde später ist eine Praxis gefunden, die sogar nur wenige Minuten zu Fuß entfernt liegt. Ben macht sich sofort auf den Weg. Die Schmerzen werden immer stärker und sind kaum auszuhalten.

Seine schlimmsten Befürchtungen bewahrheiten sich, als die Zahnärztin den Backenzahn zieht, die Wunde vernäht und Bens Hoffnung zerschlägt, am nächsten Tag verreisen zu können. Stattdessen verordnet sie ihm, regelmäßig mit Kamillentee zu spülen und die Wange mit Eis zu kühlen. Vorsichtshalber stellt sie ein Rezept gegen starke Schmerzen aus, falls Ben sie nicht aushält. Danach ist der Patient vorläufig entlassen. Die Fäden werden in einer Woche entfernt.

Zu Hause sucht Ben verzweifelt den Agenturvertrag und wird zwischen einem Stapel Magazinen fündig. Entsetzt bleibt sein Blick an einer Zeile hängen:

Bei Nichteinhaltung der
Vertragsbedingungen ist eine Strafe in Höhe
von 1000 fällig und der Agentur der
entstandene Schaden zu ersetzen.

Entstandener Schaden? Das sind ja die Kosten für die ganze Reise, nicht nur seine Spesen, sondern auch die von Marlene. Von dem Imageschaden, den die Agentur erleiden würde, mal ganz abgesehen.

Seinen Job ist er auf jeden Fall los, wenn er nicht nach Venedig fliegt.

Ben überlegt fieberhaft, wer ihn ersetzen könnte. Der Vorteil ist, dass Marlene sowieso nicht weiß, wie er aussieht, also kann den Job auch jeder andere Mann aus der Agentur übernehmen. Er besitzt eine Liste von Kollegen, die ähnliche Interessen und das entsprechende Alter haben. Das sind aber Ersatzmänner für den äußersten Notfall und für normale Stundendates. In seinem jetzigen, besonderen Vertrag ist ausdrücklich ausgeschlossen, jemand anderen einspringen zu lassen. Wer wäre also verschwiegen gegenüber Frau Röhrig? Ben kennt die anderen Jungs nicht persönlich, muss folglich volles Risiko gehen und darauf vertrauen, dass derjenige absolutes Stillschweigen bewahrt.

Hektisch ruft Ben drei Nummern an. Bei zweien ist der Anrufbeantworter eingeschaltet, und bei der dritten meldet sich eine Frau, die behauptet, ihr Mann arbeite nicht bei einer Agentur. Richtig böse wird sie. Schnell versichert Ben, dass er sich offensichtlich verwählt hat. Sein Kollege soll schließlich keine Probleme wegen ihm bekommen, sollte aber dringend bei Frau Röhrig eine geheime Handynummer auf die Liste setzen lassen, falls seine Frau von seiner Tätigkeit nichts wissen darf.

Was jetzt? In seiner Verzweiflung ruft Ben seinen Freund Jan an. Der kennt einen Haufen Leute und vielleicht einen Mann, der Ben nach einem kurzen Coaching vertreten kann.

„Hey Jan, alles klar bei dir?", beginnt Ben einen harmlosen Small Talk. Das Reden fällt ihm unter den Schmerzen schwer, da die Wirkung der Betäubungsspritze allmählich schwächer wird.

„Hallo, Ben, du hörst dich seltsam an. Liegt es an einer schlechten Verbindung?"

„Nein, aber kannst du herkommen?"

„Wieso?" Jan brütet mal wieder über Simulationsstatistiken und lässt sich ungern dabei stören.

„Ich brauche dringend deine Hilfe!"

„Hat das nicht Zeit bis heute Abend? Ich könnte nach der Uni bei dir vorbeikommen."

„Das ist zu spät."

Jan registriert endlich, dass etwas mit seinem Freund nicht stimmt. Er redet mit belegter Zunge. Vielleicht ist er betrunken oder gar unter Drogen? Nein, so ein Quatsch, mit Jan geht die Fantasie durch. Ben würde ihn nicht zu sich zitieren, wenn es nicht nötig wäre. „Okay, ich bin in einer halben Stunde bei dir!", verspricht er.

„Danke! Auf dich ist Verlass!"

Während Jan sich aufs Fahrrad schwingt, wirft Ben nochmals einen Blick in den Spiegel. Seine Wange sieht aus wie ein aufgeblasener Luftballon kurz vorm Platzen. Da Ben keinen fertigen Eisbeutel aus der Apotheke zur Hand hat, zerstößt er die Eiswürfel, die für Drinks im Tiefkühlfach lagern, und füllt sie in einen Plastikbeutel. Die Kälte tut tatsächlich gut, und Hoffnung keimt in ihm auf. Vielleicht kann er doch selbst fliegen!

Kurze Zeit später erscheint Jan und muss erst einmal über Bens Aussehen grinsen. Sein Freund hat einen Eisbeutel am Kopf mit einem Schal festgebunden und macht einen beklagenswerten Eindruck.

„Mir ist wirklich nicht zum Scherzen zumute“, jammert Ben. Um zu demonstrieren, wie schlimm es um ihn steht, lüftet er seine Kältekonstruktion.

Jan hält vor ehrlichem Entsetzen die Hand vor den Mund: „Das schaut aber gar nicht gut aus.“

„Was du nicht sagst. Ich stecke in der Klemme.“

„Was für eine Klemme?“

Ben erläutert seinem Freund die Situation, und dass er seinen Arbeitsplatz los ist und eine Menge Geld, wenn er die Reise nicht antritt.

„Und wie kann ich dir dabei helfen?“, fragt Jan naiv.

„Kennst du jemanden, der für mich einspringen könnte?“

Jan schüttelt heftig den Kopf: „Wie kommst du denn auf solch eine Idee? Ich habe zu Wissenschaftlern Kontakt, aber nicht zu Gigolos.“

„Jetzt fang nicht schon wieder an. Ich bin kein Gigolo.“ Trotz seiner Schmerzen verzieht Ben beleidigt das Gesicht.

„Alles klar, ich nehme das Wort zurück.“

Ben spürt, mit dem Gespräch in eine Sackgasse zu geraten. Natürlich hat er nicht wirklich damit gerechnet, dass Jan einen Ersatzmann für ihn in der Hosentasche hat. Es bleibt ihm nur die direkte Offensive. „Kannst du die *Mission Venedig* für mich übernehmen?“

Jan schaut Ben entgeistert an, als wäre er gerade komplett übergeschnappt. „Nicht dein Ernst, oder? Stehst du unter Drogen?“

„Nein, es ist mein voller Ernst! Machst du´s?“

„Entschuldige, aber du spinnst. Wer hat denn neulich im Biergarten festgestellt, dass ich nicht der Prototyp eines *Frauenverstehers* bin?“

„Ja“, gibt Ben kleinlaut zu, „aber du sollst ja nicht mit der Tante in die Kiste springen. Du sollst ihr den Aufenthalt angenehm machen, mehr ist sowieso nicht erlaubt.“

„Du hast wirklich Nerven. Ich weiß gar nicht, wie so was geht, und außerdem habe ich keine Zeit.“

Ben lässt nicht locker: „Du hast mir neulich erzählt, dass du schon immer mal nach Venedig wolltest, um zu erkunden, wie lange die Stadt bei kontinuierlich steigendem Wasserspiegel noch existieren wird.“

„Hm ...“ Jan kratzt sich nachdenklich am Kopf. „Aber bei solchen Studien kann ich keine Frau gebrauchen, die das nicht die Bohne interessiert.“

„Warum nicht das Angenehme mit dem Nützlichen verbinden? Der Trip kostet dich keinen einzigen Cent. Die Tussi siehst du danach nicht wieder. Sei nicht so stur!“

Jan grübelt hin und her. Bald bricht er sowieso nach Sizilien auf, also könnte er vorher nach Venedig, und wie Ben richtig argumentiert, er findet die Stadt aus wissenschaftlicher Sicht hochinteressant.

„Na, gib deinem Herzen einen Stoß! Du rettest meine Existenz.“

„Also schön, ich mach´s als Freund, aber dass mir nachher keine Klagen kommen!“

Mit dem Budget, den Reiseunterlagen, dem Foto vom

Kleeblatt und weisen Ratschlägen bestückt, verabschiedet sich Jan von Ben und wünscht ihm gute Besserung.

„Danke dir, mein Retter. Wenn du nicht mehr weiterweißt mit der Dame, dann rufe mich einfach an. Für dich bin ich rund um die Uhr auf dem Handy erreichbar."

„Das will ich hoffen." Jan möchte am liebsten einen Rückzieher machen. Dann betrachtet er den bedauerlichen Zustand seines Freundes, der sich mit schmerzverzerrtem Gesicht ein Lächeln abringt, und bringt es nicht fertig. Was soll´s, Augen zu und durch, die Frau wird ihn schon nicht beißen.

Marlene packt fröhlich pfeifend ihren Koffer. Was für eine tolle Idee von ihren Freundinnen, sie auf eine Reise zu schicken. Gut, Venedig ist in erster Linie etwas für Verliebte, aber sie wollte immer schon mal dorthin, warum nicht auch allein? Zugegeben, von selbst wäre ihr das nicht eingefallen. Die Jobsuche kann jedoch einige Tage warten, und wer weiß, vielleicht bekommt sie den Kopf bei dieser Abwechslung frei für andere Wege. So eine Reise kann ganz neue Perspektiven eröffnen. Vielleicht lernt sie auf diese Art, den blöden Stephan zu vergessen. Schließlich sind die attraktiven Italiener nicht zu verachten, nur zum Amüsieren natürlich.

„Was soll ich alles einpacken?", grübelt Marlene und betrachtet ratlos den Inhalt ihres Schrankes. Leichte Sommerkleider auf jeden Fall. Und Badezeug vielleicht? Der *Lido* ist mit einem Boot schnell zu erreichen, wie der Reiseführer verrät. Der Gedanke an Strand und Meer verursacht plötzlich große Vorfreude. Stephan und all den Mist der letzten Zeit komplett auszublenden, das hat sie verdient.

Wie lieb von den Freundinnen, dass sie sich so um Marlenes Wohl kümmern. Sie nimmt sich vor, für das kleine zukünftige Patenkind etwas zu kaufen. In Italien gibt es besonders niedliche Kinderkleidung. Für Julia und Gabi wird sie ein Mitbringsel erstehen. Voller Pläne und Tatendrang wirft sich Marlene auf den Koffer, der sonst nicht zu schließen ist. Das kommt davon, wenn man keine Entscheidung treffen kann, welches Kleid mit soll oder nicht. Vorsichtshalber bindet sie einen alten Gürtel um das Gepäckstück, damit es unterwegs nicht aufplatzt. Außerdem kann sie den Koffer so auf dem Gepäckband in Venedig besser identifizieren. Noch das Handy laden, denn sie hat den Freundinnen versprochen, per SMS Fotos zu schicken, damit sie an dem Trip teilhaben können. Das ist das Mindeste, was Marlene ihnen schuldet.

Anschließend gießt sie ihre Blumen, die es eine Woche ohne Wasser gut aushalten werden. Die Geranien auf dem Balkon werden über einen Wasserspeicher im Kasten versorgt. Für alle Fälle hat Julia sowieso einen Hausschlüssel, denn Marlene hatte sich letzten Winter einmal ausgesperrt und der Schlüsseldienst ein großes Loch in ihr Portemonnaie gerissen. Auf solch einen Ärger kann sie zukünftig verzichten.

Das Klingeln des Telefons reißt Marlene aus ihren Gedanken.

Schnell stellt sie die Gießkanne auf den Boden und meldet sich: „Marlene Graf, hallo!“

„Hi, sitzt du schon auf dem gepackten Koffer?“, fragt Julia. Sie will sich vergewissern, ob Marlene die Reise auch wirklich antritt.

„Ja, alles bereit, sogar die Blumen habe ich schon gegossen.“

„Braves Mädchen“, lacht Julia in den Hörer, und es klingt erleichtert. „Wir lassen es uns nicht nehmen, dich morgen pünktlich am Flughafen abzusetzen.“

„Wirklich? Ihr wollt alle drei mitkommen? Habt ihr denn Zeit dafür?"

„Die nehmen wir uns. Schließlich müssen wir ja einige Tage auf dich verzichten", meint Julia scheinheilig, denn sie wollen alle Kai begutachten. Sabine und Gabi, weil sie solch einem *Mann für alle Fälle* noch nie im Leben begegnet und total neugierig sind, und Julia hofft insgeheim, dass er in Wirklichkeit nicht so gut aussieht wie auf dem Foto in der Agentur.

„Das finde ich süß von euch! Wann holt ihr mich denn ab?"

Julia überlegt kurz: „Der Flieger geht um kurz nach neun, richtig?"

„Warte, ich schau schnell aufs Ticket." Marlene klemmt den Hörer unters Kinn und kramt in ihrer Handtasche. „Stimmt genau, du weißt besser Bescheid als ich."

„Dann sind wir um sechs Uhr bei dir, okay?"

Marlene bekommt die Krise: „So früh? Das schaffe ich nie. Wir brauchen höchstens eine Stunde bis zum Flughafen."

„Einmal im Jahr wirst du wohl eher aus den Federn kommen. Am Morgen ist Berufsverkehr und öfter Stau", meint Julia streng. Nicht auszudenken, wenn Marlene den Flieger verpasst und damit auch Kai, der vergeblich nach ihr Ausschau halten würde.

Die Freundinnen fahren Marlene nicht aus reiner Nächstenliebe zum Flughafen, sondern aus Sorge, dass sie wieder einmal unpünktlich sein könnte.

Julia hat ganz vergessen, Frau Röhrig zu fragen, was passiert, wenn ein solcher Fall eintritt. Also darf nichts schiefgehen. Sie sollten genug Zeitspanne haben, um Marlene in Ruhe zum Check-in zu geleiten.

„Ich werde mir den Wecker stellen, und du rufst mich bitte wie gehabt an. Dann bist du beruhigt und weißt, dass ich auf dem Plan bin."

„Abgemacht! Eine von uns kommt hoch und hilft dir mit dem Gepäck."

„Gute Idee, den Koffer kann ich kaum heben." Marlene stöhnt, als würde sie ihn gerade tragen.

„Schleppst du Ziegelsteine mit nach Venedig?", vermutet Julia und wird gleich wieder ernst: „Du weißt schon, dass du nicht mehr als zwanzig Kilo mitnehmen darfst?"

„Was denkst du? Ich fliege schließlich nicht zum ersten Mal."

Julia hat einfach zu viel Fantasie und denkt an alle Fallstricke, die das Unternehmen *Ein Mann für alle Falle* gefährden könnten. Sie ist wirklich froh, wenn Marlene endlich im Flieger sitzt und dieser schnuckelige Kai neben ihr. Julia stellt sich vor, wie es wäre, selbst von ihm begleitet zu werden. Würde sie sich mehr wünschen als gepflegten Small Talk und unverbindliches Miteinander? Gut, dass dies nicht eintrifft.

„Hey, bist du noch dran?" Marlene redet die ganze Zeit auf Julia ein und erhält keine Reaktion.

„Entschuldige, ich musste eben das Fenster schließen. Es ist so ein Lärm draußen." Julia fällt keine bessere Notlüge für ihre gedankliche Abwesenheit ein.

„Wir können ja morgen auf dem Weg zum Flughafen weiterquatschen. Ich will mir nämlich jetzt die Haare waschen. Wer weiß, wann ich in Venedig dazu komme."

„Dann bis morgen, und geh früh pennen, damit du fit bist."

„Mach ich!" Marlene legt auf und verschwindet in Richtung Bad, um vor dem Abenteuer eine letzte heimische Dusche zu nehmen.

Jan hat alle Hände voll zu tun. Was hat ihm Ben da eingebrockt? Hätte es nicht eine andere Lösung gegeben, als ausgerechnet ihn nach Venedig zu schicken? Zugegeben, Marlene sieht ganz schön attraktiv auf dem Foto aus. Aber wie soll er sie im Flieger ansprechen? Ben hat vorgeschlagen, notfalls ein Getränk rein zufällig über sie auszukippen. Das kann auch nur ihm einfallen. Niemals würde Jan so etwas absichtlich machen. Außerdem ist Marlene dann vielleicht so wütend, dass er gar nicht mehr an sie herankommt. Die seltsame Mission wäre gescheitert, bevor sie überhaupt richtig begonnen hätte.

Jan lädt alle notwendigen Daten, die er für Sizilien benötigt, vom Uni-Computer auf einen Stick, denn er wird direkt von Venedig nach Palermo reisen. Dort wird ihm ein Laptop zur Verfügung gestellt. Das Rückflugticket von Ben hat er bereits storniert und das andere auf seinen Namen abändern lassen. Er hasst derartige überstürzte Vorbereitungen. Bestimmt vergisst er etwas Elementares.

Ben hat ihm Geld von der Agenturchefin für neue Klamotten gegeben. Zu einem Einkaufsbummel hat er weder Lust noch Zeit. Für seinen Aufenthalt auf Sizilien braucht er kein Schicki-mickizeug, sondern wetterfeste Kleidung und strapazierbares Schuhwerk, Bergstiefel eben. Der Krater des Ätna liegt hoch, dort ist es windig, und die Temperaturen sind niedrig. Zum Glück hat er sich letzte Woche alles besorgt. Es wird Jan nicht gelingen, die ganzen Sachen in einem einzigen Koffer unterzubringen. Das Übergepäck zahlt zum Glück die Universität.

Als Jan in der Uni alles erledigt und sich von seinen Kollegen verabschiedet hat, hechtet er auf dem Fahrrad zu seiner Wohnung. Die Nachbarin von gegenüber ist hoffentlich zu Hause, damit er ihr den Wohnungs- und Briefkastenschlüssel geben kann. Das war erst für nächste Woche geplant.

Frau Wittig ist sehr überrascht, denn spontane Entschlüsse kennt sie von Jan bisher nicht. Sie versichert, die Orchideen-sammlung wie versprochen zu behandeln. Einmal in der Woche gießen, das Wasser gut abtropfen lassen und den Stängel nach der Blüte bis auf zwei Augen einkürzen.

„Sie sind ein Schatz!“, dankt Jan seiner Nachbarin. „Ich weiß meine Prachtexemplare in den besten Händen.“

„Vergessen Sie nicht, mir eine Postkarte zu schicken, am besten gleich zwei, eine aus Venedig und eine von diesem Ätna-Dings!“

„Die sollen Sie haben. Ohne Sie wäre ich wirklich aufgeschmissen.“ Jan spart nicht mit Komplimenten. Komisch, bei älteren Damen fällt ihm das Gesülze nicht schwer, warum funktioniert das nicht bei jüngeren? Bei Frau Wittig käme er nie auf die Idee, über seinen Job zu sprechen und sie mit wissenschaftlichen Abhandlungen vollzutexten.

„Kann ich sonst etwas für Sie tun, Herr Dr. Hansen?“ Erwartungsvoll schaut Frau Wittig Jan an, der keine Anstalten macht zu gehen.

„Ich weiß nicht, ob ich Sie das wirklich fragen darf?“

„Raus damit junger Mann, in meinem Alter kann mich nichts mehr schocken.“ Belustigt zwinkert Frau Wittig mit den Augen.

„Könnte ich Ihren Trockner benutzen?“ Jan ist die Bitte peinlich. Was soll Frau Wittig von ihm denken? Hat sie überhaupt einen?

„Wieso, ist Ihrer kaputt?“, kommt es prompt zurück.

„Ich habe gar keinen. Sonst hänge ich meine Wäsche auf dem Ständer über der Badewanne oder draußen auf dem Balkon auf.“ Jan erklärt Frau Wittig die Situation. Bis vor wenigen Stunden hat er nicht gewusst, dass er morgen ganz früh nach Venedig fliegen wird. Er muss also noch Wäsche waschen, die über Nacht aber nicht trocknen wird. Den wahren Grund für seine überstürzte Abreise verrät er nicht, muss jedoch eine Notlüge erfinden, denn eine Schwäche hat Frau Wittig, sie ist hoffnungslos neugierig.

„Also richten Sie Ihrem Chef aus, dass man keinen Mann kurzfristig irgendwo hinschickt. Er darf Ihnen nicht zumuten, schmutzige Sachen mitzunehmen.“ Frau Wittig hat Mitleid mit ihrem Nachbarn. „Bringen Sie die Sachen ruhig rüber, wenn sie gewaschen sind. Ich helfe Ihnen.“

Jan hat ein schlechtes Gewissen, nicht nur, weil er die nette Dame anflunkert, nein, er bringt auch seinen Chef in Misskredit. Jetzt fängt die Lügerei schon an, bevor er auf Marlene trifft. Was für ein Kasperletheater! Aber er hat keine Wahl, die Nummer muss er jetzt durchziehen.

„Vielen Dank, bis später! Sie sind unbezahlbar!“

Kapitel 6

Marlene schafft es tatsächlich, pünktlich aufzustehen, was eher daran liegt, dass sie schlecht geträumt hat, schweißgebadet gegen fünf Uhr aufwacht und nicht mehr einschlafen kann.

Ein Gespenst raubte ihr einen ruhigen Schlaf und trieb einen Schabernack mit ihr: Sie hatte ihren geliebten Job als Reporterin von Brand zurück, aber als sie zum ersten Mal nach ihrem Rauswurf wieder einen Sitzungssaal betreten wollte, erschien ein kettenrasselndes Ungeheuer, das ihr den Zugang verwehrte und sie dabei schadenfroh angrinste. Ihre Versuche, mit der Tasche nach ihm zu schlagen und es zu vertreiben, gingen kläglich fehl und zielten ins Leere. Für den Bruchteil einer Sekunde zeigte das schleierhafte Wesen sein Gesicht. *STEPHAN!* Er lachte blechern und höhnisch: „Das hier ist allein mein Revier! Verpiss dich!"

Sie schrie ihn an: „Ich war zuerst da! Lass mich sofort vorbei!"

Der Gerichtsdiener, der im Saal für Ruhe und Ordnung sorgte, wurde auf Marlene aufmerksam. „Was schreien Sie so rum, Frau Graf? Jetzt kommen Sie endlich rein! Worauf warten Sie? Der Richter wird gleich erscheinen."

Marlene schlug erneut verzweifelt und mit aller Kraft mit der Tasche nach dem Gespenst und brüllte den Justizvollzugsbeamten an: „Stehen Sie nicht dumm rum, helfen Sie mir lieber. Herr Berger verstellt mir den Weg. Lassen Sie ihn sofort festnehmen!"

Der Mann schaute den Gang hinauf und hinunter und schüttelte den Kopf. „Ich sehe nichts! Wo soll Herr Berger denn sein, hat er sich unter Ihrem Rock versteckt?"

Sofort machte er Anstalten, das zu überprüfen, wovon ihn

Marlene im letzten Moment abhalten konnte. „Na, direkt zwischen uns, sind Sie blind?“

Der Gerichtsmensch wurde allmählich ungeduldig. „Sie sind für Ihre Unpünktlichkeit bekannt, Frau Graf, aber dass Sie jetzt Gespenster sehen, muss ich dem Direktor melden.“

Wieder lachte Stephan schallend und zwinkerte Marlene voller Spott zu, die daraufhin erneut ihre Tasche mit aller Macht schwenkte und dabei unglücklicherweise den Beamten am Kopf traf, sodass er strauchelte und mit letzter Kraft brüllte: „Festnehmen, sofort festnehmen! Diese Person ist irre.“

Selten ist Marlene so erleichtert, als sie aufwacht und registriert, dass es sich offensichtlich um einen Albtraum handelt.

Wie kann sie ernsthaft glauben, innerhalb weniger Tage Stephan für immer aus ihrem Hirn verbannen zu können? Jetzt erscheint ihr dieser verdammte, hinterhältige Mistkerl sogar als Gespenst, und sie kann rein gar nichts dagegen tun. Wird er sie von jetzt an immer auf diese Weise nachts heimsuchen und zum Wahnsinn treiben? Er hat es nicht verdient, dass sie das zulässt. Am besten, sie schnappt sich in Venedig ein Opfer männlicher Gestalt und amüsiert sich. Das ist die einzige Methode, ihrem Gefühlschaos den Garaus zu machen. Unter südlicher Sonne heilen die Wunden schneller, ganz bestimmt. Marlene mutiert zur Psychologin in eigener Sache, während sie sich schnell wäscht, denn eine nach Schweiß riechende Frau will sie ihrem noch unbekannten Sitznachbarn im Flieger nicht zumuten. Das hat sie selbst einmal bei einem Flug nach New York erlebt. Neben ihr saß ein Mann mittleren Alters, der sie bat, die Armlehne zwischen ihnen hochzuklappen, da seine XXL-Ausmaße eine solche Maßnahme erforderte. Höflich, wie Marlene erzogen worden war, kam sie der Bitte nach, ohne zu überlegen, was das für Folgen haben könnte. Zunächst musste sie dem Typen beim Anlegen des

Gurtes helfen, der die Luft anhielt, um einen weiteren Zentimeter an Länge herauszuschinden. Das war reine Schwerstarbeit, bei dem ihm die Schweißperlen wie ein Gebirgsbach von der Stirn hinab aufs Hemd tropften, wo sie sofort verdampften, als wäre es eine heiße Kochplatte. Sobald die Stewardess ihren Kontrollgang hinsichtlich der Anschnallpflicht der Passagiere beendet hatte, klinkte XXL den Gurt aus, der explosionsartig zur Seite schnellte. Die frei werdenden Massen quetschten Marlene an die Wand des Flugzeuges, und ein bestialischer Geruch raubte ihr den Atem. Sie presste ihre Nase gegen das Fenster, um nur noch durch den Mund Sauerstoff aufzunehmen. Sie traute sich nicht, die Nase in Gegenwart von ihm einfach zuzuhalten.

Als die Maschine die Reiseflughöhe erreicht hatte, täuschte Marlene vor, dringend auf die Toilette zu müssen. Zum Glück entsprach das nicht der Wahrheit, denn das Sitznachbar-Aufsteh-Vorbeilass-Manöver dauerte gefühlte zehn Minuten, und eine volle Blase wäre in dieser Zeit geplatzt. Marlene flüchtete nach vorne in Richtung Cockpit und beschwerte sich über die unzumutbare Situation. Schließlich hatte sie einen ganzen Platz gebucht und keinen halben. Die Stewardess zeigte zwar großes Verständnis und Mitleid, aber der Flieger verfügte über keinen freien Sitz mehr, was eine Umsetzung unmöglich machte. Da die Passagiere ihr Körpergewicht beim Buchen nicht angeben müssen, kann niemand im Voraus ahnen, dass jemand eventuell einen Sitz im XXL-Format benötigt. Das Einzige, was der Stewardess einfiel, war, Marlene ein parfümiertes Taschentuch in die Hand zu drücken. Dieses hielt sie die restlichen Stunden ununterbrochen vor die Nase. Das servierte Menü ließ sie unangetastet stehen, was der Stinker neben ihr schamlos ausnutzte: „Ach, Sie Ärmste sind erkältet! Klar, da hat man keinen Appetit." Ohne zu fragen, tauschte er sein leer gegessenes

Tablett gegen ihres und schmatzte genussvoll.

Eine Armlehne wird Marlene jedenfalls nie mehr hochklappen, da kann betteln, wer will, obwohl sie im Nachhinein über dieses Erlebnis schmunzeln kann. Allenfalls bei George Clooney würde sie vielleicht eine Ausnahme machen.

Wie nicht anders zu erwarten, klingelt es auf die vereinbarte Minute pünktlich an der Tür. Gabi steht bereit, um Marlene beim Gepäck zu helfen.

„Mann, ist der Koffer schwer. Bist du sicher, dass das nicht mehr als zwanzig Kilo sind?", stöhnt sie gleich beim Anheben.

„Fängst du jetzt auch an? Denkt ihr alle, ich kann keinen Koffer packen und auf die Waage stellen? Was ist das überhaupt für eine Begrüßung?", täuscht Marlene Empörung vor.

Gabi lässt augenblicklich das Gepäckstück wieder fallen und umarmt die Freundin: „Da hast du recht. Es ist wohl zu früh am Tag. Meine Zellen arbeiten so zeitig auf Sparflamme."

„Mit welchem Auto seid ihr denn da? Hoffentlich nicht mit Julias. Da kriegen wird das Gepäck nie unter."

„Keine Sorge, die alte Klapperkiste muten wir dir nicht zu."

Marlene staunt nicht schlecht, als ein nagelneuer, rot metallic glänzender Kombi auf sie vor der Haustür wartet. Eine über das ganze Gesicht strahlende Sabine öffnet die Heckklappe: „Was sagst du zu deinem Taxi? Groß genug?"

„Hey, wo hast du denn den Wagen so schnell her?", macht Marlene große Augen.

„Rolf freut sich so sehr auf das Baby, dass er unseren Sportflitzer gleich eingetauscht hat. Schließlich brauchen wir demnächst viel Platz für einen Kinderwagen und das andere Babyzeug."

„Total geräumig, super, dass ich den Kofferraum gleich

einweihen darf!“ Marlene ist froh, den Stauraum loben zu können, denn solch einem Familienauto kann sie nichts Schickes abgewinnen. Praktisch mag es durchaus sein. Anschließend steigt sie hinten zu Julia auf den Rücksitz, die es nicht lassen kann, die Reisende zu necken.

„Ich war ja total hin und weg, als du eben gleich am Telefon warst und äußerst wach wirktest. Was war los? Hat ein Hahn in der Nachbarschaft zu laut gekräht?“

„Mach dich nur lustig! Es war bloß ein Albtraum.“ Marlene tut beleidigt und schildert unter dem Gekicher der anderen ihr nächtliches Zusammentreffen mit Stephan in Gespenstergestalt. „Versteht eine von euch vielleicht etwas von Traumdeutung?“

„Das Einzige, was ich dazu sagen kann, ist, dass du wirklich urlaubsreif bist“, stellt Julia fest.

„Genau!“, tutet Sabine ins Horn und tritt aufs Gaspedal, um die Gelbphase der Ampel auszunutzen, bevor sie auf Rot umspringt. „In Venedig wirst du keine Zeit mehr haben, an Stephan zu denken.“

„Auch nachts nicht!“, ergänzt Gabi, wirft Sabine einen entsprechenden Seitenblick zu und wendet ihren Kopf nach hinten zu Marlene. „Ich meine, du wirst da nachts in deinen Träumen so viele Eindrücke von der Stadt zu verarbeiten haben, dass Gespenster keine Chance bekommen werden.“

Julia verschluckt sich, um nicht loszulachen, hofft aber insgeheim, dass Kai nicht in Marlenes Kopf rumspuken wird.

Ohne Stauprobleme erreicht das Kleeblatt den Flughafen. Wenn Marlene angenommen hat, die Freundinnen würden sie am Eingang hinauswerfen, wird sie eines Besseren belehrt.

Sabine kurvt den Kombi gekonnt das Parkhaus hinunter an den Plätzen für Kurzparker vorbei, als hätte sie extra dafür trainiert. „Ihr könnt mich ruhig rauslassen und zurückfahren!“, protestiert Marlene. „Ich will nicht, dass ihr wegen mir zu spät zur Arbeit kommt.“

„Keine Panik, wir haben alle vorgesorgt.“ Julia beobachtet im Rückspiegel, dass Sabine grinst.

Nichts haben die drei dem Zufall überlassen.

Jan sitzt bereits seit einer Stunde im Flughafengebäude und wartet auf die Öffnung des Check-in-Schalters für Venedig. Warum muss er immer so überpünktlich sein? Eine S-Bahn oder zwei später hätten auch gereicht. Als umweltbewusster Mensch hat Jan auf ein Taxi verzichtet, obwohl das mit den zwei Koffern und dem Rucksack viel bequemer gewesen wäre.

Kaum taucht eine Stewardess vom Bodenpersonal hinter dem Tresen auf, springt er auf und schiebt den Kofferwagen dorthin. Weit und breit ist kein weiterer Passagier zu sehen.

Freundlich bittet die Stewardess Jan, sich einen Moment zu gedulden, bis der Computer hochgefahren ist. Dann nimmt sie das Ticket entgegen und wirft einen Blick auf den Bildschirm: „Ihr Platz ist ja bereits reserviert. Reihe sechsundzwanzig Mitte. Bitte begeben Sie sich rechtzeitig zu Gate 12. Angenehmen Flug!“

„Danke!“ Jan weiß nichts mit den zwei verbleibenden Stunden bis zur Boardingtime anzufangen. Die meisten Läden sind noch geschlossen, bleibt ein Coffeeshop.

Gerade als Jan einen Kaffee bestellen will, läutet sein Handy.

Es ist Ben, wie nicht anders zu erwarten: „Einen schönen guten Morgen, bist du schon auf dem Flughafen?“

„Klar!“

„Dann läuft alles nach Plan? Schon eingecheckt?“ Ben scheint ein Verhör führen zu wollen. „Marlene schon gesichtet?“

„Erstes ja, Letztes nein.“ Jan fühlt sich wie ein Kleinkind gemaßregelt. „Es reicht, wenn die Dame gleich neben mir sitzt und ich sie anquatschen muss.“

„Mach dir mal nicht in die Hose! Du tust so, als hättest du noch nie mit einem weiblichen Wesen zu tun gehabt.“

„Ich schreib dir eine SMS, wenn es nicht klappt“, droht Jan und meint es ernst.

„Und, was hast du dir für Klamotten besorgt?“, arbeitet Ben seinen Fragenkatalog ab.

„Eh, ... ich bin nicht dazu gekommen!“

Ben hört wohl nicht richtig. Haben die zahlreichen Eisbeutel sein Ohr ruiniert? „Was soll das heißen, du bist nicht dazu gekommen? Du hattest gestern den ganzen Nachmittag Zeit.“

„Eben nicht. Darf ich dich daran erinnern, dass ich innerhalb weniger Stunden meine anschließende Reise nach Sizilien organisieren musste? Meine Nachbarin hat wegen mir bis Mitternacht ihren Trockner auf Turbogang laufen lassen. Zum Schluss hat er gequalmt wie ein altes Ofenrohr.“

„Entschuldige, ich habe nicht daran gedacht, dass du für mehrere Wochen dein Zeug packen musstest.“

„Entschuldigung angenommen!“ Jans Stimme klingt ein wenig versöhnlicher. Alles, was recht ist, da hilft er einem Freund aus der Patsche, und der hat nichts als seine eigenen Interessen im Kopf.

Ben lässt nicht locker: „Wie wäre es jetzt mit einem Einkauf? Ich weiß, dass es sehr gute Geschäfte im Flughafen gibt. Die Kohle, die ich dir gegeben habe, reicht mindestens für zwei Hosen, zwei Hemden und ein Sakko. Was hast du für Schuhe an?“

Jan schaut wie ferngesteuert auf seine Füße. „Feste Schuhe!“

„Mit Schnürsenkeln und Kreppsohle?“ Ben schwant Schlimmes.

„Ja, wieso, was ist daran falsch?“

„Diese Art von Tretern geht mal gar nicht. Du brauchst ein Paar elegante Slipper.“

„Damit macht man keine Stadtbesichtigung.“

„Wenigstens sollten sie sportlich aussehen, auf keinen Fall klobig.“

Allmählich geht Jan die Konversation auf die Nerven. Ben tut so, als wäre er der letzte Hinterwäldler.

„Werde sehen, was sich tun lässt. Melde mich wieder aus Venedig.“ Erst jetzt realisiert Jan, dass er Ben gar nicht nach seinem Befinden gefragt hat. Dem Redeschwall nach zu urteilen, scheint es ihm offensichtlich besserzugehen.

Seinem Vorsatz zum Trotz, nichts Neues kaufen zu wollen, schlendert Jan die Ladenpassage entlang. Vor einem Schaufenster bleibt er einen Tick zu lange stehen, denn ein Verkäufer, der gerade die Tür aufsperrt, wittert ein Opfer.

„Guten Morgen, kommen Sie ruhig rein. Bin gleich zu Ihren Diensten.“ Der Mann rollt kurz einen Ständer mit Krawatten vor das Geschäft und strahlt Jan, ihn von oben bis unten musternd, an. „Hose, passendes Hemd, Sakko?“

Ehe Jan überhaupt antworten kann, hält der Verkäufer ihm einige Kleidungsstücke zur Anprobe hin.

Eine halbe Stunde später verlässt Jan den Laden mit mehreren Tüten bepackt. Sogar zwei Paar Schuhe hat ihm der geschäftstüchtige Typ aufgeschwatzt. Ben wäre sicher total begeistert von der Ausbeute.

Inzwischen hat sich eine lange Schlange vor dem Schalter nach Venedig gebildet. Trotz der Möglichkeit, an Automaten einzuchecken, bevorzugen viele Passagiere lieber die alte

Methode, selbst auf die Gefahr, länger anstehen zu müssen.

Marlene steuert deshalb zielgerichtet auf einen der Automaten zu, wird aber von Julia daran gehindert.

„Check lieber am Schalter ein, du hast bestimmt Übergewicht."

Marlene lacht schallend: „Kann sein, dass ich in letzter Zeit mehr Schokolade gegessen habe."

„Ich meine deinen Koffer."

„Jetzt hör mal mit dem Koffergedöne auf. Das nervt." Sie ahnt natürlich den Grund nicht, warum die Freundinnen unbedingt mit ihr in der Schalterschlange stehen wollen.

Sabine und Gabi werfen Julia dauernd fragende Blicke zu. Wer von den Passagieren ist Kai? Lungert er hier irgendwo herum?

Julia zuckt vorsichtig mit den Schultern, damit Marlene die stumme Kommunikation mit den beiden nicht bemerkt. Sie hat ihn bisher nicht entdecken können und muss aufpassen, nicht zu auffällig nach ihm Ausschau zu halten. Der Gedanke daran, ihm plötzlich leibhaftig zu begegnen, verursacht wieder dieses Kribbeln in der Magengegend. Es lässt sich einfach nicht beherrschen. Vielleicht erkennt sie ihn nicht, denn oft sehen Menschen auf Fotos ganz anders aus als in Wirklichkeit. Auf einmal möchte sie Kai gar nicht über den Weg laufen, sonst gönnt sie ihn der Freundin womöglich nicht.

Inzwischen hat Marlene den Überredungskünsten Julias endgültig widerstanden und am Automaten eingecheckt. Sie winkt Sabine und Gabi zu, die voreilig am Ende der Schlange Stellung bezogen haben und endlich kapieren, dass Marlene längst fertig ist.

„Wollen wir uns ein bisschen umschauen, vielleicht einen Kaffee trinken?", schlägt Gabi scheinheilig vor. „Ich liebe die

Flughafenatmosphäre."

Sabine stößt Gabi leicht in die Seite und flüstert: „Nicht so auffällig! Ist doch egal, ob wir wissen, wie der Kerl aussieht."

Julia blickt demonstrativ auf ihre Armbanduhr. „Marlene sollte allmählich zu ihrem Gate. Bevor wir uns irgendwo niedergelassen und einen Kaffee bestellt haben, ist Boarding-time", und zu Marlene gewandt, „du bekommst im Flugzeug einen Kaffee."

„Julia hat recht, ich gehe jetzt gemütlich durch die Kontrolle. Ihr habt genug Zeit geopfert." In Wahrheit nervt sie das Gluckengetue der Freundinnen. Die verhalten sich heute, als wäre sie nie zuvor in ihrem Leben auf Reisen gewesen, und würden ihr am liebsten eine Nanny mit auf den Weg geben.

„Okay, dann verlassen wir dich jetzt. Versprich, dass du alles mit dem Handy dokumentierst und uns gleich Fotos schickst!", erinnert Gabi und umarmt Marlene als Erste zum Abschied.

„Versprochen ist versprochen!"

Sabine und Julia schließen sich an und wünschen einen wunderschönen Aufenthalt in der Lagunenstadt.

In freudiger Anspannung verschwindet Marlene winkend hinter der Absperrung und sieht nicht mehr, wie sich die Freundinnen mit den Händen abklatschen, was bedeuten soll: „Wir haben es geschafft."

Nichts ahnend laufen die drei zurück in Richtung Ausgang zum Parkhaus an einem Friseursalon vorbei, in dem niemand anderer als Jan alias Kai wie auf glühenden Kohlen sitzend zur Eile drängt. Einer inneren Eingebung folgend, hatte er sich entschlossen, die verbleibende Zeit bis zum Abflug zu nutzen, um sein Haupthaar kürzen zu lassen, was so gar nicht mehr zu seinem neuen Outfit passt. Auf der Toilette hatte Jan seine alten Klamotten, bestehend aus einer braunen Cordhose und grünem

Flanellhemd, gegen die neue Jeans und ein weißes Hemd eingetauscht. Das dunkelblaue Sakko machte sein Äußeres für die bevorstehende Mission fast perfekt. Ein Blick in den Spiegel allerdings verriet ihm, dass die Zottelmähne den Gesamteindruck erheblich stört.

„Bitte beeilen Sie sich, nach meiner Uhr dürfte mein Flug bereits aufgerufen sein."

Der Friseur hat die Ruhe weg. „Wollen Sie wirklich, dass ich die Schere fallen lasse?"

Jan räumt ein, dass dies keine gute Idee wäre, denn eine Hälfte seines Kopfschmucks ist kurz, die andere lang. In der fünften Jahreszeit sicher eine tolle Nummer, aber nicht jetzt. So kann er niemandem unter die Augen treten, als *Mann für alle Fälle* erst recht nicht.

„Hier fliegt sowieso kein Flugzeug pünktlich ab", versucht der Friseur, seinen Kunden zu beruhigen. „Haben Sie Ihr Gepäck aufgegeben?"

Jan nickt vorsichtig, damit die Schere nicht im Kopf landet.

„Dann ist ja alles paletti. Wenn die einen Koffer zu viel zählen, sind die froh, wenn Sie überhaupt auftauchen."

„Der Typ ist geschäftstüchtiger, als die Polizei erlaubt", denkt Jan. Als ob die Maschine wirklich auf ihn warten würde.

Endlich hat der Meister sein Werk vollendet, und das fertige Produkt kann sich sehen lassen. Jan könnte tatsächlich bei Frau Röhrig um Aufnahme in die Kartei ersuchen und Ben Konkurrenz machen. Entgegen seiner eigenen Erwartung gefällt Jan sein Spiegelbild. Jetzt aber nichts wie raus aus dem Laden. Er zahlt bar, weil das schneller geht, und rennt mit Lichtgeschwindigkeit dem Gate entgegen. Die Plastiktaschen schlagen ihm dabei gegen die Beine, und die aus Papier drohen zu reißen.

„Letzter Aufruf für den Passagier Jan Hansen nach Venedig. Bitte begeben Sie sich umgehend zu Gate 12."

Die Stewardess will gerade den Schalter schließen, als Jan keuchend eintrifft.

„Jan Hansen?", vermutet die junge Frau.

Jan kann nur nicken, da ihm zum Reden die Luft fehlt.

„Kommen Sie durch, Sie werden schon sehnlichst erwartet."

Kapitel 7

Im Flugzeug sind bereits alle Passagiere angeschnallt, und die Stewardessen schließen die Gepäckklappen über den Sitzen.

Marlene hat ihren Fensterplatz eingenommen. Der mittlere Platz ist frei geblieben, aber sie vermutet, dass es der von dem fehlenden Passagier ist.

Der Pilot meldet sich aus dem Cockpit und kündigt an, dass sie in wenigen Minuten starten werden. Endlich stürmt Jan zur Vordertür herein, die sofort hinter ihm geschlossen wird. Er kramt die Bordkarte aus seiner Hosentasche und will in den hinteren Teil des Flugzeugs zu seinem reservierten Platz.

Eine der Stewardessen nimmt ihm schnell die Einkaufstaschen ab.

„Bitte nehmen Sie gleich hier vorne in der ersten Reihe Platz", weist eine andere Flugbegleiterin Jan an. Seinen Protest, er sitze in Reihe sechsundzwanzig, überhört sie.

Jan sieht ein, gut daran zu tun, der Aufforderung nachzukommen. Er hat den Flugplan wegen der blöden Idee mit dem Friseur durcheinandergewirbelt.

Er plumpst resigniert auf den Sitz am Gang und spürt den feindlichen Seitenblick der älteren Frau neben ihm. Zu allem Überfluss klingelt sein Handy im Rucksack, den er noch nicht unter dem Sitz verstaut hat.

„So was hat man gern. Zu spät kommen und das Handy nicht ausschalten. Wollen Sie, dass wir abstürzen?", ereifert sich seine Nachbarin. „Machen Sie das Ding auf der Stelle aus, oder ich schreie nach der Stewardess", prasselt es im Befehlston weiter auf ihn nieder. „Eigentlich hätte man nicht auf Sie warten sollen."

Jan weiß gar nicht, womit er so viel Unmut verdient hat, macht sein Handy aber sofort aus, als er auf dem Display erkennt, dass Ben der Anrufer ist.

Marlene bekommt nicht mit, was sich vorne im Flieger abspielt. Verträumt blickt sie aus dem Fenster und beginnt, sich zu entspannen. In einigen Minuten wird sie zumindest räumlich die letzten Tage hinter sich lassen. Der Platz neben ihr bleibt frei, welch ein Segen. Ein mögliches, weiteres XXL-Erlebnis bleibt ihr damit erspart. Langsam rollt die Maschine zur Startbahn, um wenig später abzuheben.

Nachdem Jan allmählich wieder zu Atem gekommen ist, nimmt er aus seinem abgenutzten Rucksack, der mehreren wissenschaftlichen Expeditionen standgehalten hat, das Foto mit Marlene. Verstohlen schaut er sich um und sucht sie unter den Passagieren. Er zählt die Reihen bis zur sechsundzwanzigsten ab, kann sie jedoch nicht ausfindig machen.

Als die Reiseflughöhe erreicht ist und die Leuchten für die Gurte ausgehen, springt Jan auf und reckt den Hals, um besser nach hinten blicken zu können.

„Können Sie nicht mal sitzen bleiben, junger Mann? Haben Sie Hummeln im Hintern?“, meckert die Alte erneut.

„Nein, einen Krampf im Bein!“

„Stampfen Sie mal ganz fest mit dem Fuß auf, dann wird es besser.“

Offensichtlich hat Jan ohne Absicht auf den Helfersyndromknopf der Dame gedrückt. Sie ist auf einmal total freundlich. „Sie sind zu schnell gelaufen, um ins Flugzeug zu kommen, habe ich recht?“

„Allerdings! Ich glaube, ich habe alle Geschwindigkeitsrekorde gebrochen.“ Jan nimmt wieder Platz, da die Stewardessen mit ihrem Getränkewagen durch den Gang wollen, und wird von der alten Dame mit dem Grund ihrer Reise konfrontiert. Sie besucht in Venedig ihre älteste Tochter, die einen italienischen Restaurantbesitzer geheiratet und mit ihm vier herzallerliebste Bambini hat.

Aus Höflichkeit nickt Jan ab und zu mit dem Kopf und schaltet auf Durchzug. Statt mit Marlene in Kontakt zu kommen, muss er gute Miene zum bösen Spiel machen, um seine Nachbarin nicht weiter zu verärgern. Er wagt es nicht, sein Handy aus dem Rucksack zu holen, um Bens Anruf abzuhören. Vielleicht ist es eine wichtige Information, die ihm helfen könnte, aber er möchte nicht riskieren, dass ein Kreischanfall seiner aufgezwungenen Gesprächspartnerin die Maschine tatsächlich zum Absturz bringt.

Der Flug verläuft ansonsten ruhig, und Marlene genießt die herrliche, völlig wolkenfreie Aussicht auf die Alpen. Das erste Handyfoto davon schickt sie jeder Freundin mit einer SMS. Das Glas Sekt, das sie sich gönnt, entfaltet bereits seine Wirkung und verursacht ein Gefühl von Leichtigkeit. Das Leben ist schön.

Schließlich erscheint über den Köpfen der Passagiere das Zeichen zum Anschnallen, und das Flugzeug verlässt die Reiseflughöhe, um in den Landeanflug überzugehen.

Jan legt sich einen Schlachtplan zurecht. Er wird nicht gleich aussteigen, sondern warten, bis Marlene an ihm vorbeikommt. Dann könnte er sie aus Versehen anrempeln, eine Entschuldigung hervorbringen und auf diese Weise mit ihr ins Gespräch kommen. Geniale Idee! Wozu braucht er Ben? Selbst ist der *Mann für alle Fälle*.

Leider bemerkt er nicht, dass es einen Hinterausgang im

Flieger gibt, über den die Passagiere der letzten Reihen aussteigen. Marlene ist also schneller draußen als er, und zu allem Überfluss wendet sich eine Stewardess freundlich an ihn: „Könnten Sie mir einen Gefallen tun?“

Jan schwant nichts Gutes, ist aber dennoch bereit, die Bitte anzuhören: „Klar, was soll ich machen?“

Die Stewardess deutet auf seine Sitznachbarin, der Jan inzwischen den Spitznamen *Frau Bambini* verliehen hat: „Wir haben gerade über Funk die Mitteilung bekommen, dass der für die Dame angeforderte Begleitdienst derzeit nicht verfügbar ist.“ Mit einem zuckersüßen Lächeln fährt sie fort, „und Sie machen einen starken Eindruck. Können Sie die Dame unterhaken und bis zur Gepäckausgabe begleiten? Das wäre zu nett.“

Bevor der verdutzte Jan selbst antworten kann, klatscht *Frau Bambini* begeistert in die Hände und strahlt ihn übers ganze Gesicht an: „Das kann der junge Mann!“, und zu Jan, „damit machen Sie Ihre Verspätung ein bisschen wieder gut, gell?“

„Na, dann haben wir dieses Problem ganz einfach gelöst“, schickt sich die Stewardess zum Gehen an.

„Halt, was ist mit meinen ganzen Tüten? Ich kann nicht zusätzlich jemanden unterhaken.“ Jan wittert die Chance, die ihm zugeschanzte Aufgabe elegant wieder loszuwerden. Das ist der Dank für seine Höflichkeit, hätte er die Frau nicht beachtet, würde sie ihn jetzt sicher nicht als Geleitschutz wollen.

„Die Tüten bringe ich Ihnen gleich nach. Die sind ja nicht schwer“, lässt die Stewardess nicht locker.

Jan sieht ein, dass die zierliche Person auf den hochhackigen Pumps nicht in der Lage ist, *Frau Bambini* unterzuhaken und zu stützen, wenn deren Knie womöglich einknicken. Er gibt auf und hofft, Marlene auf jeden Fall am Gepäckband aufspüren und sich dann an ihre Fersen heften zu können.

Eine Dreiviertelstunde später folgt Jan mit seinem ganzen Krempel, den er auf einem Gepäckwagen deponiert hat, den Wegweisern zum Wasserbus, einer Besonderheit der spektakulären Lagunenstadt. *Frau Bambini* wurde von ihrer Großfamilie lärmend in Empfang genommen. Beim Abschied hat sie Jan als Dank für seine Unterstützung eine Visitenkarte vom Lokal ihres Schwiegersohnes in die Hand gedrückt. „Wenn Sie mal keinen Touristenfraß mögen!“

Natürlich ist Marlene längst über alle Berge. Alles läuft aus dem Ruder. Jan hat gar keinen Blick für die einzigartige Kulisse, die sich vom Wasserbus aus präsentiert. Der berühmte Glockenturm *Campanile* erhebt sich über den anderen historischen Gebäuden, und ein Gewimmel von Booten, Gondeln und Wassertaxis bildet einen bunten Teppich auf den Kanälen.

Schließlich ist der Markusplatz erreicht, wo Jan aussteigen muss.

Inzwischen bezieht Marlene ihr Zimmer in der Pension *Canal Grande*. Der smarte Aushilfsportier Luigi hat das Gepäck ins Dachgeschoss getragen und zeigt ihr die grandiose Aussicht über Venedig vom kleinen Dachbalkon aus, auf dem zwei schmiedeeiserne Stühle und ein Tisch zum Verweilen einladen.

„Sind Sie zufrieden, Signora?“, fragt Luigi.

„Ja, wirklich toll hier!“ Marlene blinzelt in die Sonne, denn ihre Brille hat sie offensichtlich zu Hause auf dem Küchentisch liegen gelassen. Jedenfalls ist sie nicht wie vermutet in der Handtasche.

Luigi schickt sich an, wieder seinen Posten beim Empfang zu beziehen: „Wenn Sie einen Wunsch haben, so rufen Sie einfach in der Rezeption an.“

„Vielen Dank für Ihre Hilfe. Im Moment sieht hier alles perfekt aus.“ Marlene will Luigi einen Fünfeuroschein als

Trinkgeld in die Hand drücken, den er charmant ablehnt.

„Für eine schöne *Tedesca* stehe ich umsonst zur Verfügung."

Zum Glück hat sich Marlene im Flugzeug aus dem italienischen Wörterbuch einige Begriffe einverleibt und weiß, dass *Tedesca - Deutsche* bedeutet.

Als Marlene endlich allein im Zimmer ist, fällt ihr siedend heiß ein, dass es höchste Zeit ist, den Freundinnen Meldung zu machen. Mit ihrem Handy schießt sie ein Foto von der Aussicht vom Balkon und eines von ihrem reizenden Zimmer. Über ihrem Bett prangt ein Baldachin, und die schrägen Holzbalken verleihen dem Raum eine urige Gemütlichkeit. Hier muss sich ein Gast einfach wohlfühlen.

Marlene sendet die Bilder jeweils an Julia, Sabine und Gabi mit folgendem Text:

Bin gut gelandet. Zimmer ist super - mit
Balkon und Aussicht. Werde nach einer
kurzen Siesta einen Orientierungsbummel
machen. Liebe Grüße, Eure Marlene, die
Euch ganz herzlich für diesen Trip dankt!

Es dauert keine zwei Minuten, da ertönt die Melodie von *Diamonds are forever*, und Julia meldet sich, die es kaum erwarten kann, nähere Einzelheiten zu erfahren.

„Wie war der Flug?"

„Super, ich habe euch ein Foto von den Alpen geschickt. Ist es nicht angekommen?"

„Doch schon, danke!" Julia will natürlich etwas ganz anderes hören. „Und sonst? Hattest du nette Gesellschaft im Flieger?" Sie beißt auf die Lippen. War die Frage zu offensichtlich? Scheinbar nicht, denn Marlene antwortet im normalen Tonfall.

„Ich hatte niemanden neben mir. Das war sehr entspannend. Du weißt, ich mag keine Zwangskonversationen, nur weil man zufällig nebeneinandersitzt.“

Julia runzelt die Stirn. Kai saß also nicht wie geplant neben Marlene im Flieger. Da scheint etwas schiefgelaufen zu sein. Sie wagt jedoch nicht, noch mal nachzuhaken, ob Marlene nicht anderweitig mit ihm Bekanntschaft gemacht hat. Das wäre zu auffällig. Am besten ruft sie erst einmal Frau Röhrig an, um zu erfahren, ob Kai die Reise überhaupt angetreten hat.

Marlene unterbricht Julias Überlegungen: „Ich melde mich wieder, wenn es etwas zu berichten gibt, vielmehr ich schicke euch neue Fotos. Ich muss mich jetzt ein bisschen frisch machen.“

„Ja, mach das bitte, das mit den Fotos, meine ich. Wir sind sehr gespannt, was du alles erlebst.“ Julias letzter Satz ist an Scheinheiligkeit nicht mehr zu überbieten. Kaum hat Marlene das Gespräch beendet, vergewissert sie sich bei Frau Röhrig, ob Kai wirklich nach Venedig geflogen ist. Der Agenturchefin ist nichts Gegenteiliges bekannt. Ein wenig beleidigt gibt sie zu verstehen, dass sie zuverlässige Mitarbeiter beschäftigt. Wenn Kai etwas dazwischengekommen wäre, wüsste sie es als Erste. Er hat alle Unterlagen und das Foto von Frau Graf abgeholt. Wahrscheinlich ist bei der Sitzplatzreservierung ein Fehler unterlaufen, und die beiden treffen erst in der Pension aufeinander.

Julia gibt sich zunächst mit der Aussage zufrieden. Kai wird bei seiner Erfahrung wissen, was er tut. Das ist schließlich sein Job. Vielleicht hat er lediglich eine andere Strategie entwickelt, um Marlene anzubaggern. Direkt im Flieger wäre das vielleicht zu plump gewesen.

Sabine und Gabi pflichten ihr bei, als die drei in der Mittagspause eine Telefonkonferenz abhalten und sich auszutauschen. Am Nachmittag sendet Marlene bestimmt ein Foto von Kai, und dann ist alles in Butter. Julia soll nicht voreilig die Pferde scheu machen.

⚖ ⚖ ⚖

Luigi überreicht Jan, der wissen möchte, wo der Aufzug ist, den Zimmerschlüssel.

„Haben wir keinen! Wir sind hier nicht im Grandhotel."

Jan verkneift sich eine Bemerkung, denn er findet Luigis Ton reichlich unverschämt. Ist er hier Gast, oder was denkt sich dieser Papagallo-Verschnitt? „Kann mir wenigstens jemand helfen, mein Gepäck hinaufzutragen?"

„Keiner da außer mir. Ich bin nur die Aushilfe und kann den Empfang nicht allein lassen."

Jan hat die Nase gründlich voll von der *Mission Venedig*. Soll Ben sehen, wie er sein Problem löst. Er wird Marlene nicht hinterherschnüffeln und sie umgarnen. Basta, aus, ein für alle Mal. Stattdessen wird er die Stadt unter wissenschaftlichen Aspekten unter die Lupe nehmen. Die Markierungen der Wasserpegelstände der letzten Jahre interessieren ihn brennend. Zur Dokumentation hat er natürlich einen Fotoapparat und sein Notizbuch dabei.

Sein Zimmer, das ähnlich eingerichtet ist wie Marlenes, stimmt Jan versöhnlicher. Auch er ist beeindruckt von dem Ausblick auf dem Balkon.

Zwei Balkone weiter lehnt Marlene über der Brüstung und fotografiert, diesmal nicht mit dem Handy, sondern mit einer Digitalkamera. Sie ist so beschäftigt, dass sie Jan nicht bemerkt, der plötzlich auf die junge Frau aufmerksam wird.

Ist sie das nicht? Schnell eilt Jan ins Zimmer und betrachtet intensiv sein *Opfer* auf der Fotografie. Vorsichtig, um Marlenes Aufmerksamkeit nicht auf sich zu ziehen, lugt er zu ihr herüber. Donnerwetter, sie sieht in natura viel hübscher aus, soweit er dies auf die Entfernung beurteilen kann. Ihre blonden schulterlangen Haare wehen in der leichten Sommerbrise und umschmeicheln ihr schmales Gesicht. Ihr rosafarbenes Sommerkleid, das sie nach der Dusche angezogen hat, betont ihre schmale Taille. Diese Frau hat etwas Puppenhaftes an sich, was Jans Beschützerinstinkt augenblicklich auf den Plan ruft.

Seinen Vorsatz, die Mission zu beenden, bevor sie überhaupt begonnen hat, wirft Jan ohne weiter zu überlegen über Bord. Marlene ist es wert, dass er sich anstrengt und sie kennen lernt.

Beschwingt kehrt er ins Zimmer zurück, um dem armen Ben endlich Bericht zu erstatten.

„Meldest du dich auch mal?“ Es ist Bens Tonfall anzumerken, dass er sauer ist. „Ich warte schon seit Stunden auf ein Lebenszeichen von dir.“ Ben tut so, als hätte Jan das Basislager einer Himalajaexpedition verlassen und befände sich wegen eines Wetterumschwungs in Gefahr.

„Es gibt bisher nichts zu berichten!“, ist Jans nüchterner Kommentar.

„Was soll das heißen?“

„... dass ich die Zielperson bisher nicht persönlich kennen gelernt habe.“

„Du machst Scherze!“

„Nein, es ist die Wahrheit. Ich will dir die Einzelheiten ersparen. Jedenfalls ging bis jetzt alles schief. Ich saß weder neben ihr im Flieger, noch konnte ich bisher mit ihr Kontakt aufnehmen.“

„Ist sie überhaupt mitgeflogen?“ Ben wird übel. An diese Möglichkeit, dass Marlene die Reise nicht angetreten haben könnte, hat er nicht eine Sekunde verschwendet.

„Ich habe Frau Graf gerade zwei Zimmer weiter auf ihrem Balkon entdeckt.“

„Gott sei Dank!“, seufzt Ben erleichtert. „Dann sieh zu, dass du alles in den Griff kriegst. Sie wird bestimmt gleich irgendwo zum Essen wollen, oder gab’s im Flieger was zu beißen?“

„Käse- oder Schinkensandwich! Das Übliche!“

„Also bleib dran und melde dich, wenn du einen Erfolg verbuchen kannst.“

„Okay, kann aber dauern! Ich muss erst mal eine gute Gelegenheit finden, um mich ihr zu nähern. Schließlich soll das nicht wie billige Anmache aussehen.“ Nach einer kurzen Pause: „Wie geht es dir überhaupt? Noch Schmerzen?“

„Passt schon, die Wange ist halt geschwollen, und ich mache einem Hamster Konkurrenz. Werde gleich mal getarnt in die Apotheke schleichen und mir ein Schmerzmittel besorgen.“

„Mach das und gute Besserung!“ Jan schaltet sein Handy komplett aus. Hoffentlich ist Marlene nicht bereits verschwunden, während er mit Ben gequatscht hat. Vorsichtshalber öffnet er seine Zimmertür einen Spaltbreit, um zu hören, wenn sich im Flur etwas regt. Schnell beginnt er, Koffer und Tüten auszupacken. An den neuen Sachen hängen noch die Preisschilder.

Gerade als Jan sein verschwitztes Hemd gegen ein frisches wechselt, fällt auf dem Gang eine Tür ins Schloss. *MARLENE!* Mit halb zugeknöpftem Hemd, dessen Etikett am Kragen herausbaumelt, das Jackett greifend und den Rucksack an sich reißend, stürzt Jan hinter Marlene her, ohne in der Hektik an den Zimmerschlüssel zu denken, der innen stecken bleibt.

Marlene ist bereits auf dem Weg in Richtung Treppenhaus.

Jan glaubt es nicht, sein Herz schlägt wild und unkoordiniert wie seit der Pubertät nicht mehr. Was soll das? Er kann dieses

Gefühl nicht einordnen. Ist einfach nur sein Ehrgeiz geweckt, als Ersatz für Ben erfolgreich zu sein? Oder bewirkt Marlenes Hüftschwung, dass er sie auf einmal unbedingt kennen lernen möchte?

In einigem Abstand folgt er ihr, um nicht unnötig auf sich aufmerksam zu machen.

Als Jan die Rezeption erreicht, an der inzwischen eine ältere Italienerin die Gäste empfängt, hat Marlene die Pension bereits verlassen. Er entdeckt sie durch das Fenster spähend draußen, aber nicht allein, sondern mit Luigi und einem Stadtplan in der Hand. Was jetzt?

„Guten Tag, Sie sind bestimmt Dr. Hansen. Willkommen in unserem Hause. Ich bin Frau Bertani, die Pensionschefin."

Jan nickt kurz mit dem Kopf zum Gruß. Es ist sonst nicht seine Art, unfreundlich zu sein, aber Luigi lässt ihm keine Wahl. Er rauscht an der Rezeption vorbei zum Ausgang und hört leider nicht mehr, was Frau Bertani hinter ihm herruft.

„Ihr Zimmerschlüssel ist gleichzeitig nach zweiundzwanzig Uhr der Hausschlüssel."

Kapitel 8

„Ich habe jetzt Zeit und kann dir Venedig zu Füßen legen!“, bietet Luigi mit einem zweifelhaften Charme seine Dienste an. „Den Stadtplan kannst du einstecken.“

„Wirklich?“ Marlene weiß in diesem Moment nicht, ob sie das Angebot annehmen soll. Erst einmal allein ein bisschen herumlaufen wäre ihr lieber. Auf der anderen Seite bekommt sie durch die fachkundige Führung eines Einheimischen gleich einen Überblick.

„Also gut, dann lass uns aufbrechen!“

Jan erhascht gerade noch einen Zipfel von Marlenes rosa Kleid, die mit Luigi in Richtung Markusplatz um die Ecke biegt. Eiligen Schrittes nimmt er die Verfolgung auf. Verdammter Mist! Diesen Aushilfs-Möchtegern-Casanova hat er nicht auf der Rechnung gehabt. Vielleicht begleitet er Marlene ein Stück und kratzt dann hoffentlich die Kurve, um den Weg für ihn freizumachen.

Auf dem Markusplatz droht er, die beiden aus den Augen zu verlieren. Tauben und Touristen, wohin das Auge reicht. Plötzlich entdeckt er Marlenes Lockenkopf an einem Eisstand.

„Was möchte meine schöne *Tedesca* für einen Geschmack?“, fragt Luigi und sieht Marlene gespannt an. „Darf ich raten? Du bist der Stracciatella- oder Mocca-Typ. Habe ich recht?“

„Mocca! Hast du hellseherische Fähigkeiten?“ Marlene genießt es, verwöhnt zu werden.

„Nein, aber ich habe viel Erfahrung im Gastronomiebereich und weiß, welcher Typ was bestellt.“

Er hält Marlene das Eishörnchen hin, die einen anderen

Touristen übermütig bittet, ein Foto von Luigi und ihr zu schießen. Anschließend schickt sie das Bild an die Freundinnen mit dem Untertitel: *Mein erstes Venedigopfer.*

Jan beobachtet alles in gebührendem Abstand und wird allmählich sauer. Luigi scheint keine Anstalten zu machen, Marlene allein zu lassen. Es bleibt ihm nichts anderes übrig, als hinter den beiden herzutrotten, die sich in die Warteschlange zum Glockenturm einreihen.

Jan gelingt es nicht, zu dem Paar vorzudringen, denn ein wütender Familienvater mit einem Stall voller Kinder weist ihm den Weg ans Ende der Schlange. Um kein unnötiges Aufsehen zu erregen, fügt sich Jan, der deshalb nicht mehr zusammen mit Luigi und Marlene im Aufzug hochfahren kann, um die grandiose Aussicht über die Stadt und die Lagune zu bestaunen. Er beschließt, ganz auf die Besichtigung zu verzichten und zu warten, bis die beiden wieder unten auftauchen. Dabei sind seine Augen derartig auf den Ausgang fixiert, dass er nicht bemerkt, dass ihm ein Junge sein Handy aus der Hosentasche stiehlt.

Endlich tauchen Marlene und Luigi gut gelaunt und miteinander plaudernd wieder auf. Weiter führt die Stadtbesichtigung vorbei an der Seufzerbrücke, die den Dogenpalast mit dem Gefängnis verbindet, aus dem einst Casanova geflohen ist, bis zum Canal Grande, wo die Wassertaxis in ständigem Kommen und Gehen die Touristen ausspucken und wieder aufnehmen. Das Gedränge ist groß, und Jan hat Mühe, hinter den beiden herzuhecheln, die es schon bis ganz nach vorne auf die Plattform geschafft haben, wo die Boote halten. Gerade ist ein Taxi im Begriff loszufahren, als Luigi gekonnt aufspringt und die Deutsche an der Hand mit hinüberzerrt.

Zu spät für Jan, der belämmert hinter dem Wassertaxi herschaut, das in rasantem Tempo davonbraust.

„Hey, spinnst du?“, kreischt Marlene, die diese Aktion gar nicht lustig findet. „Ich hätte in den Kanal fallen können.“

„Dies ist einer der leichtesten Stunts für mich. Du warst keine Sekunde in Gefahr, meine Schöne.“

Marlene geht das unerschütterliche Selbstbewusstsein ihres Begleiters allmählich auf die Nerven. Was bildet der sich ein, mit ihr hier eine James-Bond-Nummer abzuziehen? Sie mag es überhaupt nicht, wenn jemand so über sie bestimmt und sie dabei nicht einschätzbaren Gefahren aussetzt. Wie kann sie Luigi wieder loswerden, ohne dass er beleidigt ist? Sie findet es ja nett, dass er seine Freizeit opfert, um ihr die Stadt zu zeigen, aber es reicht ihr jetzt. Sie möchte allein sein, ein wenig bummeln und eine Sonnenbrille kaufen. Ein Kaffee wäre auch nicht schlecht. Gerne würde sie zurück auf den Markusplatz gehen, ein Plätzchen in den zahlreichen Cafés ergattern und die Leute beobachten.

Stattdessen legt Luigi wie selbstverständlich den Arm um Marlene und drückt sie leicht an sich, was ihr sehr unangenehm ist. Vorbei ist der Vorsatz, sich zukünftig mit Männern nur noch amüsieren zu wollen. Mit einer plötzlichen Frage auf ein Gebäude deutend, windet sich Marlene geschickt aus der Umarmung ihres selbst ernannten Reiseführers.

Endlich erreicht das Wassertaxi die Rialtobrücke, wo sie aussteigen. Marlene verabschiedet sich bei dem verdutzten Luigi: „Vielen Dank für die Führung!“

„Wir sind noch nicht fertig, schöne *Tedesca*“, widerspricht Luigi und hält sie an der Hand fest.

„Ich bin gerade mal einige Stunden hier und möchte ja auch morgen noch etwas zum Anschauen haben. Außerdem habe ich Kopfschmerzen und möchte in die Pension zurück“, versucht sie, Luigi abzuschütteln.

„Okay, aber ich hole dich heute Abend zum Essen ab.“

Bevor Marlene protestieren kann, ist Luigi in einer der kleinen Gassen verschwunden. Sie hat nicht die Absicht, seine Gesellschaft weiter zu beanspruchen. Bei einer Erfrischung in einem der zahlreichen Cafés sendet sie alle bisher abgelichteten Sehenswürdigkeiten und Bilder von Luigi ihren Freundinnen.

⚖ ⚖ ⚖

In der fernen Heimat empfängt Julia die Fotos auf ihrem Handy, gerade als sie in ihrer Apothekenküche eine Verschnaufpause einlegt und einen Kaffee trinkt. Deshalb bemerkt sie nicht, wie ein vermummter Mann die Apotheke betritt und Jasmin ein Rezept vorlegt, die daraufhin in den Schubladen vergeblich nach dem Medikament sucht.

„Dieses spezielle Schmerzmittel haben wir leider zurzeit nicht vorrätig, aber ich kann es sofort bestellen, und jemand bringt es Ihnen heute noch vorbei. Wie ich sehe, wohnen Sie einige Straßen weiter. Halten Sie es so lange aus?“

„Ja, wie heißt der blöde Spruch? Ein Indianer kennt keinen Schmerz?“, meint Ben. „Ich kann aber auch selbst noch mal vorbeischauen.“

„Nicht nötig! Das ist unser Service, wenn wir ein Medikament nicht verfügbar haben! Es sei denn, Sie würden nicht in der Nähe wohnen, dann würde ich Ihnen raten, es in einer anderen Apotheke zu versuchen.“

„Dann sage ich danke und hoffe, es dauert nicht so lange.“

„Ich werde die Chefin bitten, das Mittel sofort zu ordern.“

Ben verlässt die Apotheke und überprüft sein Handy, das auf „lautlos“ geschaltet ist. Keine Nachricht von Jan, obwohl er ihm mehrmals auf die Mailbox gesprochen hat, von den zahlreichen SMS ganz zu schweigen. Wie kann der Freund ihn bloß einfach im Regen stehen lassen? Er kann sich doch denken, dass Ben auf glühenden Kohlen hockt und seinen Bericht erwartet. Er schaut auf die Uhr. Soll er es in der Pension versuchen? Vielleicht ist der Akku leer, und Jan kann im Moment gar nicht antworten. Um diese Uhrzeit könnte er im Zimmer sein, um sich für das Abendessen herzurichten.

Zu blöd, er hat die Nummer natürlich nicht, weil alle Unterlagen in Jans Besitz übergegangen sind. Es bleibt ihm nichts anderes übrig, als zu Hause im Internet nach der Telefonnummer zu forschen. Gedacht, getan!

„Hier spricht Ben Fischer, bei Ihnen wohnt ein Kai Hoffmann, können Sie mich bitte mit ihm verbinden?"

Frau Bertani benötigt eine Weile, um zu antworten. „Tut mir leid, aber ein Kai Hoffmann ist nicht unter unseren Gästen."

„Das kann nicht sein. Er muss heute bei Ihnen eingecheckt haben." Ben ist kurz davor, seine gute Erziehung zu vergessen. „Ich habe vor einigen Stunden mit ihm gesprochen, und er erzählte von seinem Zimmer bei Ihnen."

„Wenn ich Ihnen sage, dass hier niemand so heißt, dann müssen Sie mir glauben. Warum soll ich Sie belügen?"

Ben sieht ein, dass das wirklich keinen Sinn machen würde.

„Okay, danke für Ihre Mühe!" Im letzten Moment tippt er sich an die Stirn: „Halt, heißt ein Gast vielleicht Jan Hansen?"

Es dauert erneut einen Moment, bevor Frau Bertani antwortet: „Si, si, einen Herrn Hansen gibt es, aber der ist unterwegs."

Jan hat einfach gegenüber Luigi behauptet, bei der Buchung habe man ihn versehentlich unter seinem Künstlernamen „Kai Hoffmann" angemeldet. Er sieht keine Notwendigkeit, so zu heißen, da Marlene sowieso nichts von seiner Mission weiß. Das erspart ihm unnötiges Lügen, was nicht sein Spezialgebiet ist.

Ben überlegt hin und her, wie und wann er Jan noch mal

erreichen kann. Warum geht er nicht an sein Handy? Soll er der Röhrig Bescheid geben und die Wahrheit gestehen? Das würde ihn nicht nur eine Stange Geld kosten, sondern auch den Job.

Ben beschließt, bis zum nächsten Morgen zu warten und seine Ungeduld zu zügeln. Hoffentlich kommt die Apothekentussi bald, damit seine Schmerzen endlich nachlassen. Damit kann er überhaupt keinen klaren Gedanken fassen.

Im Laufe des späteren Nachmittags wird sein Wunsch erhört. Es klingelt an der Tür, und er erfährt über die Sprechanlage, dass es tatsächlich der Medikamentenservice ist. Er öffnet die Tür einen Spalt, denn gewöhnlich brauchen seine Besucher eine Weile, um die fünf Etagen bis zu seiner Wohnung zu erklimmen, und in dieser Zeit kann er die Rezeptgebühr aus seinem Portemonnaie in der Küche holen.

Julia kommt beim Erklimmen der Stufen ganz schön aus der Puste. Das reinste Fitnesstraining ist das. Zögernd schaut sie durch den Türspalt in den Wohnungsflur hinein: „Hallo, ist da jemand? Ich bringe die Medizin!“

Aus einem der Zimmer schallt es zurück: „Kommen Sie ruhig rein. Ich bin gleich bei Ihnen, eine Sekunde!“

Julia wagt sich einige Schritte vor, bleibt dann aber zögernd stehen. Sie übergibt sonst Medikamente grundsätzlich nur an der Tür und betritt keine Wohnung und kein Haus. Das ist eine Vorsichtsmaßnahme, die sie bisher immer befolgt hat. Nicht, dass sie glaubt, ein Unhold warte hinter der Tür, aber viele Kunden und Kundinnen nutzen die Gelegenheit zu einem Plausch, und dazu hat Julia weder Zeit noch Lust.

Plötzlich tritt Ben seitlich aus einem Zimmer und strahlt Julia an: „Nett, dass Sie extra vorbeikommen. Das nenne ich guten Service.“

Julia traut ihren Augen nicht, als sie Ben ins Gesicht schaut.

Trotz seiner geschwollenen Wange erkennt sie sofort die Ähnlichkeit mit dem Typen, den sie für Marlene als Begleitung ausgesucht hat. Ein Doppelgänger?

„Ich ... ja, ich“, beginnt Julia zu stottern und hält Ben das Schmerzmittel hin, um ihre Fassung zurückzugewinnen.

„Danke, bekommen Sie außer der Rezeptgebühr noch was?“

Julia nimmt den Geldschein entgegen, den Ben ihr hinhält. „Nein, nichts weiter!“ Nach dem ersten Schock gewinnt sie ihre Selbstsicherheit zurück und geht geschickt zum Angriff über.

„Kann es sein, dass Sie für die Agentur *Ein Mann für alle Fälle* arbeiten?“

Ben ist zu überrascht, als dass er groß überlegen könnte, was die Bejahung der Frage für Konsequenzen haben könnte, und nickt: „Ja, aber Sie können mich nur über die Agentur buchen!“

„Ach, tatsächlich? Darauf wäre ich nicht gekommen!“ Julias aufgesetztes Interesse schlägt in Wut um: „Müssten Sie nicht momentan in Venedig sein und eine gewisse Marlene Graf begleiten? Oder haben Sie einen Zwillingsbruder, der das für Sie übernommen hat?“

Ben entgleist sein strahlendes Lächeln, und er zieht irritiert eine Augenbraue hoch. Klar, warum ist ihm das nicht eher aufgefallen? Das Foto mit Marlene und den Freundinnen. Eine davon sah aus wie die Apothekerin. Jetzt ist Vorsicht angesagt. Er stellt sich aber erst einmal dumm. Vielleicht ist nicht alles verloren.

„Wer sind Sie, und was haben Sie mit Frau Graf zu tun?“

„Pah, ich habe Sie für meine Freundin selbst ausgesucht und bei Frau Röhrig gebucht. Sagt Ihnen der Name Kai etwas?“

Ben wagt es nicht, dies zu leugnen. Julia und ihr forsches Auftreten bringen ihn aus dem Konzept.

„Wollen wir uns nicht setzen und in Ruhe über alles reden?“

„Was soll es da zu reden geben? Meine Freundinnen und ich haben einen Haufen Geld zusammengelegt, um ihre Begleitung zu finanzieren. Glauben Sie, wir haben das in der Portokasse? Jetzt läuft Marlene schutzlos durch Venedig, freie Beute für rumlungernde Papagalli. Gerade das sollten *SIE* verhindern."

„Sie trauen Ihrer Freundin aber gar keine Eigenständigkeit zu", stellt Ben mit wiedergewonnenem Selbstbewusstsein fest.

„Das geht Sie gar nichts an." Julia lässt sich trotz anfänglicher Gegenwehr ins Wohnzimmer führen und versinkt in einem weich gepolsterten Sofa, Marke Venusfalle. Typisch! So hat sie sich das Mobiliar eines Gigolos vorgestellt. Sie kann nicht wissen, dass Ben die Wohnung nur vorübergehend von einem Freund übernommen hat, bis er eine eigene gefunden hat.

Ben nimmt ihr gegenüber auf einem Sessel Platz und bittet die aufgebrachte Julia höflich, aber bestimmt, ihn auch mal zu Wort kommen zu lassen. Er deutet auf seine Monsterwange: „Hätte ich damit bei Ihrer Freundin punkten können? Wäre sie nicht beim ersten Annäherungsversuch schreiend davongelaufen?"

Julia verzieht ihre Mundwinkel wider Willen zu einem Lächeln. „Vielleicht! Aber das entschuldigt nicht Ihr Verhalten. Sie hätten Bescheid geben müssen!"

„Wozu? Ich habe einen adäquaten Ersatz geschickt, der den Auftrag viel besser erfüllen wird als ich, einen Womanizer erster Klasse!" Wie geschmiert kommt Ben diese kleine Notlüge über die Lippen.

„Ersatz?"

„Ja!"

„Ist er ein Kollege von Ihnen?"

Ben nickt.

„Wie sieht er aus?" Sosehr Julia auch ihre Gehirnzellen ankurbelt, sie kann sich beim besten Willen an keinen Womanizer im Katalog erinnern. Sonst hätte sie den sicherlich ausgewählt. Julia befördert ihr Handy aus der Tasche und ruft Marlenes geschossene Fotos auf. Schließlich hält sie eines davon Ben unter die Nase, das Marlene beim Eisessen mit Luigi zeigt: „Ist es der Typ da neben meiner Freundin?"

Ben beugt sich über das Foto und hält die Luft an. Soll er einfach lügen und bejahen? Auf den ersten Blick scheint das eine gute Lösung zu sein, auf den zweiten weniger. Der Pseudo-Begleiter könnte den Ruf der Agentur ruinieren und damit ihn selbst. Wie wäre es mit der Wahrheit?

„Den kenne ich nicht!"

„Dann ist das nicht Ihr Ersatz?"

„Nein! Glauben Sie wirklich, dass der da ein Ersatz für mich wäre?" Ben tut beleidigt.

„Nun werden Sie mal nicht übermütig und frech! Ist Ihre angebliche Lichtgestalt mit meiner Freundin in Kontakt getreten oder nicht?"

„Wohl eher nicht!"

„Das habe ich befürchtet! Und was gedenken Sie dagegen zu tun? Schließlich ist der erste bezahlte Tag fast rum. Wie heißt der Typ überhaupt?"

„Dr. Jan Hansen!" Ben beißt sich auf die Lippen und prompt ruft das Wort *Doktor* Julia auf den Plan.

„Ein Promovierter, der es nötig hat, in so einer Agentur zu arbeiten? Etwa ein Spezialist für Doktorspielchen? Was ist das denn für ein Exemplar?" Julia versucht vergeblich, den weichen Polstern zu entkommen, und muss dafür widerwillig Bens ausgestreckte Hand zur Hilfe nehmen.

„Wissen Sie, was ich jetzt tue?"

„Nein, ich hoffe nicht!"

„Doch, ich werde Frau Röhrig anrufen und unser Geld

zurückverlangen." Julia will schnell die Wohnung verlassen.

„Bitte nicht!" Ben sagt die beiden Worte so verzagt, dass Julia stehen bleibt und ihn fragend anschaut.

„Sie vernichten meine Existenz, und ich muss eine hohe Vertragsstrafe zahlen."

Julias Wut wandelt sich plötzlich in Mitleid, außerdem kann sie sich Bens Charme nicht entziehen, der trotz seiner dicken Wange einfach umwerfend aussieht. So ein Prachtexemplar von Mann winselt um ihre Gnade? Kann sie da wirklich weiter die knallharte Tour fahren?

„Hm", räuspert sie sich, „es gäbe noch eine Möglichkeit. Ich warte bis morgen früh. Sollte mir Marlene bis dahin kein Foto von Jan alias Kai präsentiert haben, stehe ich kurz darauf bei Frau Röhrig auf der Matte. Schickt sie eins von einem neuen Typen, leite ich es auf dein Handy weiter, und du sagst ehrlich, ob das dein Kollege ist. Kannst du dich auf diesen Deal einlassen?" Julia geht einfach zum *du* über, ohne darüber nachzudenken.

„Habe ich eine Wahl?" Ben ist ein wenig erleichtert, obwohl er befürchtet, dass sein Problem auch am nächsten Tag nicht gelöst werden wird.

Julia drückt Ben zum Abschied ihre Visitenkarte in die Hand und schreibt umgekehrt seine Handynummer auf.

„Also dann bis morgen!", und fast zur Haustür hinaus, „nimm nicht mehr als zwei Tabletten am Tag. Gute Besserung!"

Einer Eingebung folgend, gibt Julia nach ihrem Apothekendienst in ihren Laptop den Namen *Jan Hansen* bei Google ein. Es ist eine Marotte von ihr, auf diese Art manchmal mehr über ihre Kunden zu erfahren. Fast über jeden findet man auf irgendeiner

Plattform nützliche Informationen. Mit so vielen Einträgen zu diesem Namen hat sie allerdings nicht gerechnet. Da gibt es einen Marathonläufer, einen Rechtsanwalt, einen Kaminkehrermeister, einen Masseur, einen Lehrer und alle möglichen Kerle. Das passt alles nicht. Also setzt sie den *Doktor* davor und landet gleich bei der Universität. Von einem wissenschaftlichen Dozenten gleichen Namens gibt es ein Foto. Nein, der kommt wohl kaum infrage. Zwar hat er ein hübsches Gesicht mit grünlich schimmernden Augen, aber das Künstlerhaar ist gewöhnungsbedürftig. Außerdem würde ein Wissenschaftler nie parallel in einer Agentur für einsame Singlefrauen jobben, dann käme da schon eher der Marathonläufer in Betracht.

Julia klappt ihren Laptop zu, macht es sich mit einem Glas Rotwein auf dem Sofa bequem und ruft Gabi an, die anscheinend nicht zu Hause ist. Als Julia gerade auflegen will, wird der Anruf entgegengenommen, und Gabi keucht in die Muschel: „Hallo? Wer da?"

„Hey, hier ist Julia! Störe ich?"

„Fast nicht!", kichert Gabi, und Julia hört Max im Hintergrund etwas Unverständliches murmeln. Also hat sie die beiden bei einer bestimmten Tätigkeit unterbrochen. Wann hatte sie selbst den letzten Sex? Es muss Lichtjahre her sein.

„Wusste gar nicht, dass Max wieder zurück ist."

„Kein Problem. Er ist außerplanmäßig einen Tag früher heimgekommen. Wo brennt´s denn? Wir haben ja heute so selten miteinander telefoniert", fährt Gabi mit einem ironischen Unterton fort.

Julia schildert in wenigen Sätzen die Situation. Die Mission *Ein Mann für alle Fälle* scheint in der Lagune baden zu gehen. Marlene hat sich naiv dem nächsten Papagallo an den Hals geworfen, und von dem angeblichen Ersatzmacho fehlt jede Spur.

„Was meinst du denn dazu?“

„Was soll ich sagen? Wir können von hieraus nichts machen, außer zu warten, ob der Vertreter Marlene irgendwann anbaggert.“

„Und wenn nicht?“

„Dann ist es auch egal. Wir haben zwar Kohle rausgeworfen, aber Marlene hat offensichtlich ihren Spaß mit Luigi. Sie ist alt genug, um zu wissen, auf was sie sich einlässt.“

„Du hast recht. Ich grüble schon wieder über ungelegte Straußeneier.“

„Genau!“

„Ich melde mich morgen, sobald Ben alias Kai Meldung gemacht hat.“

„Tu das. Gute Nacht.“ Gabi legt schnell auf, sodass Julia ins Nachdenken kommt. Wahrscheinlich hat Max an Gabi rumgemacht, während sie beide telefoniert haben. Auf einmal fühlt sie sich sehr einsam und allein. Ihr Hang, andere glücklich zu machen, bringt ihr nichts außer Chaos, wie sie heute erlebt hat. Aber die Freundschaft zu Marlene ist ihr sehr wichtig. Wie Zwillingsgeschwister sind sie aufgewachsen, unzertrennlich. Vielleicht ist es sogar besser, dass der Begleitschutz nicht funktioniert. Nicht auszudenken, wenn Marlene spitzkriegt, dass die Freundinnen ihr nicht zutrauen, sich ohne Herzschmerz zu amüsieren.

Julia sucht eine romantische DVD aus, um den Abend nicht mit Grübeleien, sondern mit Träumereien zu beenden. Ben muss sie auf jeden Fall aus ihrem Kopf ausblenden. Das erneute Kribbeln, das sie empfand, als er heute leibhaftig vor ihr stand, war noch stärker als damals, als sie sein Foto bei Frau Röhrig entdeckte.

Kapitel 9

Jan versucht, Marlene und seinen Auftrag zu verbannen. Er wird sich nicht zum Idioten machen und weiter hinter ihr herlaufen. Diesmal ist sein Entschluss endgültig. Venedig ist nicht nur eine faszinierende Stadt für Touristen aus aller Welt, sondern ganz besonders für Forscher wie ihn, der sich in allen Facetten mit dem Klimawandel befasst. Der Pegel der Weltmeere steigt stetig an, und es ist lediglich eine Frage der Zeit, wann die Lagunenstadt für immer überflutet sein wird. Das kann bereits in wenigen Jahrzehnten der Fall sein, weil ein weiteres Problem hinzukommt. Venedigs Paläste, die vor Jahrhunderten errichtet wurden, sinken immer tiefer in den weichen Untergrund.

Jan kehrt zurück zum Markusplatz und trinkt in Ruhe einen Eiskaffee. Richtig entspannend kann das Leben sein, wenn man keiner Frau mehr hinterherhecheln muss.

Plötzlich fällt ein Schatten auf sein Gesicht und versperrt ihm den Ausblick auf den Platz.

„Ist bei Ihnen noch frei?", fragt eine langbeinige Brünette mit Gucci-Sonnenbrille.

„Ja, klar!" Jan ist gar nicht begeistert, Gesellschaft zu bekommen, wo er gerade das Alleinsein genießt, aber es liegt ihm fern, unhöflich zu sein.

Die neue Tischnachbarin trägt ein graues Kostüm mit passend farbigen High Heels und sieht gar nicht touristisch aus. Ungefragt gibt sie Auskunft über den Grund ihres Venedigaufenthaltes.

„Dieses Jahr tagt der Internationale Juristenkongress hier. Welch ein Glück, denn letztes Mal war er in Gelsenkirchen. Stinklangweilig, sag ich Ihnen."

„So, so!“, murmelt Jan desinteressiert. Er mag keine Zwangskonversation, auch wenn die Gesprächspartnerin äußerst attraktiv ist.

„Und Sie? Was treibt Sie hierher?“

„Berufliche Neugierde!“, ist die knappe Antwort.

„Dann sind Sie auch Jurist?“

Am liebsten würde Jan fragen, „sehe ich so aus?“, aber er verkneift es sich. „Nein, ich bin Geophysiker!“

„Tatsächlich? Nie gehört, was macht ein Geo-Dingsda?“

Jan hat schon befürchtet, dass die Businessschnecke keine Ahnung hat. „Ganz einfach, wie das Wort schon andeutet, ein bisschen Geo und ein bisschen Physik.“

„Kann ich mir nichts drunter vorstellen.“ Das Interesse der Juristin flaut merklich ab. Sie hat wohl gehofft, mit einem Kollegen über die neuste Rechtsprechung diskutieren zu können.

Jan kennt diese Reaktion auf seinen Beruf seitens der Weiblichkeit allzu gut und hat keine Lust, seine Liebe zur Wissenschaft zu verteidigen. „Es tut mir leid, aber ich werde erwartet. Noch einen angenehmen Aufenthalt!“ Er legt das passende Kleingeld auf den Tisch und flüchtet. Jan ist es überhaupt nicht gewohnt, von wildfremden weiblichen Wesen angesprochen zu werden. Sind sein neues Outfit und seine Frisur daran schuld? Er hat heute schon einige wohlwollende Frauenblicke aufgefangen, kann damit allerdings nicht umgehen. Schmeicheln tut es ihm schon. War es blöd von ihm, die Juristin einfach sitzen zu lassen? Vielleicht wäre sie sogar mit ihm etwas essen gegangen. So allmählich wird es Zeit, den Magen zu füllen. Die Tagestouristen verlassen bereits die Stadt und stürmen die Wassertaxis. Jetzt wird es beschaulich in Venedig. Vielleicht sollte Jan die Zeit bis zum Sonnenuntergang nutzen, um einige Fotos von den Messlatten der Wasserpegelstände zu schießen. Er entscheidet sich, seinen Magen eine Weile zu vertrösten. Am frühen Abend geht im Süden ohnehin niemand in ein Lokal, und auf eine Pizza auf die Hand von einem der vielen Stände hat er keinen Appetit, denn ein Glas Wein oder zwei möchte er schon in aller Ruhe zum Essen trinken.

Jan taucht immer weiter und tiefer in die Gassen ein, ohne darauf zu achten, wo er überhaupt ist, zu sehr faszinieren ihn die Bauten auf den Pfählen. Innerhalb der nächsten zwei Stunden schießt er Dutzende von Fotos, die Zeit vollkommen vergessend.

Inzwischen bricht die Dämmerung ein und taucht die Lagunenstadt in ein ganz besonders geheimnisvolles Licht. Marlene verlässt ihr Zimmer und antwortet Frau Bertani am Empfang höflich auf deren Frage, ob sie schon einige Sehenswürdigkeiten besichtigt hat. „Ja, einen kleinen Überblick hat mir Ihr Aushilfsportier verschafft. Jedenfalls war ich auf dem Markusplatz und habe die Aussicht vom *Campanile* aus genossen.“

Typisch Luigi, man kann ihn wirklich nicht am Empfang lassen, ohne dass er die weiblichen Gäste gleich anbaggert, denkt Frau Bertani, lässt sich Marlene gegenüber aber nichts anmerken. Es gab schon öfter Probleme, weil Luigi offenbar seine Grenzen nicht kennt und Touristinnen länger belagert, als denen lieb ist. Sie wird ihn zukünftig nicht mehr hinter dem Empfangstresen beschäftigen.

„Es freut mich, wenn Sie sich in unserer Stadt und speziell in meiner Pension wohlfühlen. Und jetzt geht´s zum Essen?“

Marlene nickt: „Können Sie mir ein nettes Lokal empfehlen? Es sollte nicht zu weit entfernt sein, damit ich mich später nicht verlaufe.“

Frau Bertani beugt sich geschäftig über Marlenes Stadtplan

und macht zwei Gassen weiter ein Kreuzchen. „Dort gibt es eine nette Pizzeria, wo unsere Gäste gerne hingehen. Die typisch venezianische Küche wird sehr gelobt. Besonders die Weine sind zu empfehlen.“

Marlene dankt für den Tipp und freut sich auf einen gemütlichen Tagesausklang. Kaum ist sie um die nächste Ecke gebogen, entdeckt sie Luigi im Gespräch mit einem Gondoliere, der auf die nächsten Kunden zu warten scheint.

Marlene macht sofort auf dem Absatz kehrt, um die Flucht zu ergreifen, aber Luigi hat sie bereits aus dem Augenwinkel bemerkt. Schnell wie ein Wiesel versperrt er ihr den Weg, als habe er bereits dort herumgelungert, um sie abzufangen. Er streckt seinen Arm in Richtung Gondel aus: „Darf ich meine Schöne zu einer Gondelfahrt einladen?“

„Nein, so teure Geschenke nehme ich nicht an!“ Marlene ringt sich zu einem Lächeln durch, denn sie möchte nicht unfreundlich sein.

„Es kostet nichts. Mein Cousin fährt uns gerne durch die Kanäle.“ Luigi strahlt wie die bereits am Himmel erschienenen Sterne und packt Marlenes Hand. „Glaub mir, du verpasst sonst etwas ganz Besonderes. Jetzt sind die Kanäle fast leer, und wir können in Ecken fahren, die am Tag völlig verstopft sind.“

Marlene macht immer noch keine Anstalten, sich in Richtung Gondel zu bewegen.

Wie bei einem eingespielten Team steuert blitzartig der Cousin auf die beiden zu und versucht, Luigi verbal zur Hilfe zu eilen. Er hält Marlene die Hand entgegen: „Ich bin der Bruno! Es wäre ein Vergnügen, dich in meiner Gondel begrüßen zu dürfen.“

Marlene käme sich albern vor, die nette Einladung auszuschlagen, obwohl ein mulmiges Gefühl in der Magengegend ihr etwas anderes suggeriert. Aber was soll schon dabei sein, eine abendliche Gondelfahrt zu unternehmen, wie es Tausende von Touristen tagtäglich machen? Außerdem hat sie im Reiseführer gelesen, dass Venedig auch für allein reisende Frauen absolut sicher ist. Sie bräuchte nur zu schreien. Das Echo in den engen Kanälen wäre so laut, dass alle Anwohner es hören würden. Sie hat offensichtlich zu viele Krimis von Donna Leon gelesen, und die Filme im Fernsehen haben ihre schaurige Wirkung nicht verfehlt. Also nimmt sie neben Luigi Platz, während Bruno die Gondel von der Mauer losbindet und anschließend gekonnt den Kanal hinunterlenkt.

Diesmal verzichtet Luigi darauf, den Arm um Marlene zu legen, als spüre er ihren inneren Widerstand gegen zu viel Nähe. Diese Deutsche ist nicht wie die anderen Touristinnen. Es wird schwer werden, ihr erfolgreich den Hof zu machen. Luigi muss all seine Erfahrung aus der Mottenkiste zaubern, um das richtige Maß an Charme aufzubringen, nicht zu aufdringlich, sondern gerade so viel, dass die Schöne sich angenehm umworben fühlt. Luigis Ehrgeiz ist geweckt, auch wenn er weiß, dass er lieber von Marlene lassen sollte. Schon zu oft hat er sich die Finger verbrannt. Aber so wie andere nicht vom Spieltisch wegkommen, kann er nicht von hübschen Frauen lassen.

Marlene hält ihr Handy vor sich und Luigi und schickt das Foto anschließend an die Freundinnen mit dem Titel: *Nächtliche Gondelfahrt.*

„Wem schickst du dieses Foto?“, fragt Luigi neugierig. Er hofft, dass es nicht Marlenes Ehemann oder Freund sein wird, der sich dann in den nächsten Flieger setzt, um ihn zum Duell zu fordern.

„Meinen Freundinnen! Sie haben mir diese Reise geschenkt.“

„Einfach so?“, hakt Luigi erleichtert nach, weil kein Kampf zu befürchten ist.

„Zu meinem dreißigsten Geburtstag."

„Hey, wann war der denn?"

„Erst letzte Woche!"

„Dann gratuliere ich!" Luigi dreht sich zu Bruno um. „Hast du gehört? Marlene hatte Geburtstag."

Wie auf das Zeichen eines unsichtbaren Taktstockes schmettern die beiden Männer das Lied *O sole mio* für Marlene, die lächeln muss. Das glauben ihr die Freundinnen zu Hause sicher nicht.

Während des Liedes ist Marlene melancholisch zumute. Überall fallen ihr Paare auf, die eng umschlungen von einer Brücke oder einem Platz aus den Sonnenuntergang genießen. Die Stadt der Verliebten wird ihrem Namen gerade am Abend gerecht. Wie gerne wäre sie mit Stephan hier! Der Vorsatz, ihn zu vergessen, schlägt augenblicklich ins Gegenteil um. Hätte sie ihm Gelegenheit zu einer Aussprache geben sollen? Vielleicht waren die Worte auf der Karte an seine Frau Eva vorgegaukelte Gefühle, und in Wahrheit liebt er nur *SIE*? Nein, sie darf sich nichts vormachen, weil sie von Stephan maßlos enttäuscht und tief gekränkt ist. Was würde es für einen Sinn machen, weiter seine Geliebte zu bleiben mit dem Wissen, dass er seine Familie nicht für ein Leben mit ihr verlassen wird?

Plötzlich fühlt Marlene sich einsam und gar nicht wohl. Sie möchte am liebsten zurück in ihre Pension und Luigi so schnell wie möglich loswerden.

„Ich möchte bitte zurück", erklärt Marlene mit fester Stimme, als die beiden Männer ihr Lied beenden.

„Aber wieso denn? Gefällt dir die Gondelfahrt nicht?" Luigi versucht, seinen aufsteigenden Ärger zu unterdrücken.

„Doch natürlich, es ist total nett von dir und Bruno, mir die Stadt vom Wasser aus zu zeigen. Ich bin hungrig und müde. Frau

Bertani hat mir ein Lokal ganz in der Nähe der Pension empfohlen. Könnt ihr mich dort absetzen?“

Luigi dreht sich zu Bruno um und sagt ihm etwas auf Italienisch, das Marlene nicht versteht. Ihre spärlichen Kenntnisse helfen kaum, denn die Männer scheinen sich in einem Dialekt zu unterhalten. Es ist Marlene egal, Hauptsache, sie ist bald am Ziel und die Männer wieder los.

„Kein Problem, wenn du Hunger hast. Wir fahren zum Lokal.“

Jan hat inzwischen jegliche Orientierung verloren. Er findet keinen Gassennamen und kann folglich den Stadtplan in der Pfeife rauchen. Die wenigen Passanten, die er in dieser gottverlassenen Gegend trifft und nach seiner Pension fragt, zucken wegen Sprachschwierigkeiten die Schultern, und selbst Einheimische kennen seine Unterkunft nicht. Vergeblich sucht er nach einem markanten Gebäude, das er auf dem Stadtplan wiederfinden könnte. Wütend über sich selbst, nicht aufgepasst zu haben, wohin er läuft, hockt er sich an den Rand des Kanals und überlegt, was zu tun ist. Plötzlich schlägt sich Jan die Hand an die Stirn. Dass er da nicht eher draufgekommen ist. Sein Handy hat die Nummer der Pension gespeichert, und Frau Bertani weiß bestimmt, wie er zurückfinden kann. Wahrscheinlich ist er nicht der erste Tourist, der durch diesen Irrgarten nicht mehr durchblickt. Das Handy ist jedoch weder im Rucksack, den Jan komplett ausräumt, noch in seinen Jacken- oder Hosentaschen auffindbar. Wie kann das sein? Er hatte es ganz sicher eingesteckt und kommt zu dem Schluss, dass jemand es gestohlen haben muss. Angeblich sollen ganze Banden täglich von Rom aus nach

Venedig gekarrt werden, um im großen Stil zu klauen. Scheinbar ist er eines der Opfer geworden. Es macht keinen Sinn, weiter darüber nachzugrübeln, denn das löst Jans Problem trotzdem nicht.

Gerade als er aufsteht, um die Gasse zurückzulaufen, nimmt er ein leises Plätschern wahr. Es wird von einer Gondel verursacht, die auf ihn zusteuert. Als wolle Jan per Anhalter fahren, streckt er den Arm aus und tatsächlich, der Gondoliere reagiert und hält an der Mauer.

„Kann ich etwas für Sie tun?“, wittert der Mann ein spätes Geschäft.

„Ja, ich habe mich verlaufen und möchte zurück zur Pension *Canal Grande*. Kennen Sie die?“ Jan hält dem Gondoliere den Plan unter die Nase und zeigt auf den eingekreisten Punkt.

„Die Pension nicht, aber ich kann Sie an dem Platz abliefern, der in der Nähe liegt.“

Jan fragt nicht nach dem Preis. Er ist zu froh darüber, endlich wieder zurückzukommen.

Die Gondelfahrt dauert ungewöhnlich lange, und inzwischen ist es stockfinster. Von Genuss kann bei Jan keine Rede sein. Unter anderen Umständen wäre es bestimmt ein besonderes Erlebnis, bei Nacht die Kanäle zu ergründen.

Schließlich legt der Gondoliere an einer Mauer mit Treppenzugang an. „Wir sind da!“, stellt der Mann lakonisch fest und reicht seinem Passagier den Rucksack an. „Macht hundertzwanzig Euro!“

Jan glaubt nicht, was er hört: „Wie bitte?“, stößt er mit weit aufgerissenen Augen aus. Ihm sind während seiner Besichtigungstour die Tafeln mit den Preisen für Gondelfahrten aufgefallen. Keine kostete mehr als achtzig Euro für vierzig Minuten.

„Hundertzwanzig Euro und *pronto* bitte, denn ich hätte schon vor längerer Zeit zu Hause sein müssen. Habe Ihnen nur einen Gefallen getan, weil Sie darum gebettelt haben."

Von Betteln kann kaum die Rede sein, aber Jan hatte tatsächlich keine Wahl. Trotzdem versucht er, zu feilschen und den Preis um vierzig Euro zu drücken.

„Entweder du bezahlst meinen Preis, oder ich rufe die Polizei. Schon hat der Gondoliere sein Handy aus der Tasche gezogen.

Zähneknirschend drückt Jan ihm die Euroscheine in die Hand, denn er ist sicher, dass hier untereinander keiner Krähe der anderen ein Auge aushackt. „Ich werde Sie nicht weiterempfehlen."

Jan bemerkt nicht mehr das breite Grinsen auf dem Gesicht des Mannes, dem das völlig egal ist. Er macht seine Geschäfte zukünftig auch ohne Jans Empfehlungen, dessen Notlage er schamlos ausgenutzt hat. Aber mit der dicken Beute in der Geldbörse kann der Gondoliere wenigstens sein Zuspätkommen bei seiner Frau rechtfertigen.

Jans unentwegt knurrender Magen lässt ihn schnell das Erlebte vergessen. Ein Blick auf den Gassennamen und anschließend auf den Stadtplan verrät ihm, dass die Pension tatsächlich nicht weit entfernt liegt und leicht zu finden sein wird. Einige Bars und Restaurants laden zum Verweilen ein, und Jan entscheidet sich für ein kleineres Lokal, in dem bei einem guten Glas Rotwein und einem großen Teller voll Pasta *Frutti di Mare* seine Lebensgeister zurückkehren.

Der korrupte Gondoliere scheint Geschichte zu sein, der gerade in diesem Moment ablegt, als sein Kollege Bruno mit Luigi und Marlene an der Kaimauer strandet.

Marlene springt schnell an Land und bedankt sich bei Bruno für den nächtlichen Ausflug, auch wenn sie diesen nicht genossen hat. Luigi verhielt sich zwar anständig, aber das war hauptsächlich Brunos Anwesenheit zu verdanken. Sie lag ständig auf der Lauer, ob Luigi wieder den Versuch einer Umarmung starten oder seinen Oberschenkel dicht an ihren drängen würde. Warum schafft sie es nicht, sich mit einem Mann nur zu amüsieren? Luigi wäre das perfekte Opfer. Er sieht einigermaßen gut aus, ist charmant und hat offensichtlich jede Menge Erfahrung. Genau das hat sie gewollt. Spaß ohne Gefühle und Konsequenzen. Jetzt stellt sie fest, dass sie dafür anscheinend nicht geboren ist. Sie muss verliebt sein, um mit einem Typen im Bett zu landen. Dabei hatte Marlene sich so sehr auf eine Gondelfahrt gefreut, allerdings allein und auf gar keinen Fall mit diesem *Möchtegern-Casanova.*

Luigi verabschiedet sich von seinem Cousin, der den beiden süffisant lächelnd noch einen schönen Abend wünscht, was von Luigi mit einem vielsagenden Augenzwinkern beantwortet wird.

Marlene hat keinen blassen Schimmer, wo sie genau sind. Der Gassenname sagt ihr gar nichts. Sie verfolgt nur ein Ziel, weg von ihrem Begleiter und zurück in die Pension zu gelangen. „Danke für die Gondelfahrt!“ Marlene wendet sich zum Gehen, auch wenn sie nicht weiß, welche Richtung zur Unterkunft führt. Auf die Karte in ihrer Tasche wird sie schauen, wenn sie Luigi endlich abgehängt hat.

Sie hat die Rechnung ohne ihn gemacht, der sie an der Hand packt: „Aber du hast Hunger, und der Abend hat gerade erst begonnen.“

„Für mich ist der Abend zu Ende, und der Appetit ist mir vergangen.“ Gerade als Marlene sich von Luigi losreißen will, tritt wie aufs Stichwort gegenüber ein Mann aus einem Restaurant. Überschwänglich stürzt er auf Luigi zu, umarmt ihn und anschließend die überrumpelte Marlene.

„Welche Schönheit hast du uns da mitgebracht, Brüderchen?"

„Das ist Marlene aus Deutschland!", stellt Luigi seine hübsche Trophäe vor.

Der Mann klopft seinem Bruder anerkennend auf die Schulter und schiebt die beiden zu seinem Lokal. „Ich lade euch auf einen Wein ein", und zu Marlene gewandt, „ich heiße Emilio."

Marlene bleibt abrupt stehen, um sich höflich, aber bestimmt zu verabschieden. „Das ist nett von Ihnen. Ich bin aber müde. Vielleicht ein anderes Mal." Sie hat wirklich keine Lust, weitere Familienmitglieder kennen zu lernen. Es reicht für heute und für morgen gleich mit. Wie Marlene erfahren muss, schlägt man einem Italiener nicht so leicht eine Einladung ab und schon gar nicht einem aus der Sippe von Luigi.

„Venedig ist keine Stadt zum Schlafen." Emilio bugsiert Marlene zum nächsten freien Tisch und lässt keinen Widerspruch zu.

Mittlerweile erreicht Jan gut gesättigt und gestärkt die Pension. Alles liegt im Dunkeln, und die Haustüre ist abgeschlossen. Erst jetzt bemerkt er im faden Lichtschein der gegenüber platzierten Laterne das Schild an der Tür:

Bitte nach 22 Uhr den Zimmerschlüssel benutzen!

Jans Blick auf seine Armbanduhr bestätigt, dass es bereits später ist. Wo hat er den verdammten Schlüssel hingesteckt? Er kann sich nicht erinnern, ihn überhaupt mitgenommen zu haben. Jetzt fällt ihm wieder die Situation ein, als er überstürzt sein Zimmer verlassen hat, um Marlene zu folgen. Er braucht gar nicht zu suchen, denn der Schlüssel steckt von innen in seinem Zimmer. Hören die Katastrophen denn gar nicht mehr auf? Er verflucht in diesem Moment Ben und seine blöde Idee, ihn nach Venedig zu schicken, und schließlich sich selbst, dass er so dämlich war, der Bitte Folge zu leisten. Dummheit muss einfach bestraft werden!

Jan klopft zunächst leicht an die Eingangstür. Vielleicht ist Frau Bertani in Reichweite und kann ihm öffnen. Keine Reaktion. Sein Klopfen wird lauter, und er beginnt zu rufen:

„Hallo? Hört mich jemand? Ich habe keinen Schlüssel."

Eine energische Stimme aus dem Haus gegenüber schimpft auf Italienisch und droht mit der Polizei, wenn der Lärm nicht sofort aufhört.

Jan beendet das Trommeln postwendend und flüchtet schleunigst zur nächsten Brücke. Resigniert schaut er hinab ins Wasser, in dem sich der Mond kitschig spiegelt und ihn auszulachen scheint. In Venedig hat sich alles gegen ihn verschworen. Wo soll er jetzt hin? Eine andere Unterkunft suchen? Die unbeabsichtigte Gondelfahrt hat das Budget der Agentur bereits angeknabbert. Die sollte er ursprünglich anstelle von Ben mit Marlene unternehmen, allerdings zu einem moderaten Preis und nicht zu Wucherkonditionen. Zusätzliche Kosten für eine andere Unterkunft sind nicht drin.

Jan läuft ohne Konzept am Kanal entlang, der plötzlich nach links abzweigt. Rechter Hand taucht ein kleiner Park auf. Das ist die Lösung. Die Temperaturen sind zu dieser Jahreszeit auch nachts angenehm warm. Was spricht also gegen eine Nacht auf der Parkbank im Freien? Es können sicher nicht so viele Touristen mit dieser Art von Übernachtung in der Lagunenstadt aufwarten. Fast überkommt Jan ein Gefühl von Abenteuer. Er hat häufiger auf seinen zahlreichen Expeditionen unter einem klaren

Sternenhimmel genächtigt, ob in Afrika oder in Indien. Allerdings war sein dicker, wärmender Schlafsack immer dabei, denn die Nächte können dort sehr kalt werden.

Jan rückt seinen Rucksack als Kopfkissen zurecht und macht es sich so gut es geht auf der Bank bequem. Ein Ausstrecken ist nicht möglich, dafür sind seine Beine zu lang. Also legt er sich mit angezogenen Knien auf die Seite. Behaglich ist anders. Kaum hat Jan seinen Kopf auf den Rucksack gebettet, umschwirrt ihn ein Schwarm Insekten. Er schlägt vergeblich nach ihnen. Wo kommen die überhaupt her? Jan richtet sich auf, und sein Blick fällt angeekelt auf einen überfüllten Abfalleimer gegenüber. Auch das noch! Den hat er zuvor gar nicht bemerkt. Das war nichts mit der Parkbank, denn Wespenstiche verursachen bei ihm schlimme Ekzeme, und bei mehreren könnte es sogar zum allergischen Schock kommen. Das darf er nicht riskieren. Als er gerade seinen Rucksack auf den Rücken drapiert, vernimmt er plötzlich ein lautes Wortgefecht hinter einer Ansammlung von Sträuchern.

„Ich habe dich um all das nicht gebeten! Du hast mir die Stadtführung, die Gondelfahrt und eben das Essen förmlich aufgezwungen!“, erklingt eine aufbrausende weibliche Stimme.

„Ja, so seid ihr deutschen blonden Engel. Erst macht ihr uns an, lasst euch ausführen und verwöhnen, um dann aus Dankbarkeit rumzuzicken“, kommt es hitzig von einer männlichen Stimme mit italienischem Akzent zurück.

Jan kann zwar nicht sehen, wer miteinander streitet, deutet die Konversation aber richtig. Hier will eine Frau offensichtlich nichts von einem aufdringlichen Verehrer.

„Lass mich bitte sofort los! Du tust mir weh!“

„Haben Sie nicht verstanden, was die Frau gesagt hat?“ Jan taucht wie Phönix aus der Asche hinter Luigi auf und hält als Drohgebärde seine Faust hoch, als wolle er im nächsten Moment zuschlagen. Er erstarrt, als er Marlene erkennt. Zufall? Schicksal? Ist das der Grund, warum er nach Venedig geschickt wurde? Um sie in diesem Augenblick zu retten? Als Wissenschaftler glaubt er jedoch nicht an göttliche Fügungen.

Irritiert lässt Luigi von Marlene ab, die er mit beiden Armen festgehalten hat, und dreht sich zu seinem Nebenbuhler um. „Was mischst du dich da ein, du Penner? Wir unterhalten uns bloß!"

„Das hört sich nicht nach Unterhaltung an, sondern nach Streit." Jan hält immer noch die Faust geballt und hat sich wieder im Griff.

Luigi fletscht die Zähne wie ein Kampfhund. „Und? Geht dich das was an?"

„Ja, denn die Dame hat ausdrücklich erklärt, dass Sie sie in Ruhe lassen sollen. Offensichtlich begreifen Sie das nicht!"

Marlene zittert am ganzen Körper. Jetzt, wo keine direkte Gefahr mehr von Luigi ausgeht, reagiert sie auf die Anspannung. Ihre Erleichterung über das Einschreiten dieses unbekannten Mannes, der offenbar auch Deutscher ist, kennt keine Grenzen. Ihr Retter kam wirklich im letzten Moment.

„Wenn Sie nicht auf der Stelle verschwinden, rufe ich die Polizei!" Jan täuscht vor, sein gestohlenes Handy aus der Jackentasche zu holen. Das verfehlt die erhoffte Wirkung nicht. Hier scheint jeder großen Respekt vor der Obrigkeit zu haben.

Luigi lenkt ein: „Die Zicke ist es nicht wert, dass ich mich um sie prügle. Kannst sie haben." Er trollt sich, nicht ohne Marlene einen verächtlichen Blick zuzuwerfen.

„Hat er Sie verletzt?", fragt Jan besorgt.

Marlene schüttelt den Kopf. Sie ist den Tränen nahe: „Vielen Dank für Ihre Hilfe. Können Sie mich zur Pension *Canal Grande* bringen? Sie ist nicht weit, aber ich habe Angst, dass mir Luigi dort auflauert!"

„Ja klar, mach ich gerne!“ Jan wagt nicht, gleich zu bekennen, dass er ebenfalls dort wohnt. Erst einmal muss sich Marlene wieder fangen und erholen.

Sie erzählt auf dem Heimweg von dem fatalen Missverständnis zwischen dem Aushilfsportier und ihr. Sie sah es als harmlos an, von ihm eine Stadtführung zu erhalten. Mehr wollte sie gar nicht, aber Luigi tauchte an jeder Ecke auf, um sich ihr aufzudrängen. Am Ende wollte er wohl eine Gegenleistung, die Marlene ihm verweigerte.

Jan hört aufmerksam zu, verkneift sich den Kommentar, dass es von Männern wie Luigi keine Gefälligkeiten umsonst gibt.

Als sie die Pension erreichen, bedankt sich Marlene nochmals für Jans beherztes Eingreifen und seinen Geleitschutz.

„Wollen Sie den Typen morgen anzeigen?“, fragt Jan. „Ich komme als Zeuge mit. Muss sowieso mein gestohlenes Handy melden!“

„Sie hatten gar keines dabei?“ Marlene lächelt Jan an, dass ihm ganz schwindelig wird. „Ganz schön abgebrüht, wie Sie Luigi trotzdem gedroht haben, die Polizei anzurufen.“

„Mir ist nichts anderes eingefallen“, gibt der Retter ehrlich zu.

„Wegen was sollte ich Luigi anzeigen? Zum Glück ist nichts passiert, weil Sie rechtzeitig eingegriffen haben. Ich werde die Pensionschefin aber darauf ansprechen, dass sie so ein Früchtchen besser nicht mehr beschäftigt.“

Marlene hält Jan zum Abschied ihre Hand hin.

„Ich ... ich wohne übrigens auch hier!“, stottert er. „Ich habe allerdings meinen Zimmerschlüssel innen stecken lassen und komme nicht mehr in die Pension. Deshalb blieb nur die Parkbank als Alternative.“

Marlenes Alarmglocken beginnen zu läuten. Was für ein seltsamer Zufall. Ist das etwa eine neue Variante der Anmache?

Davon hat sie wirklich die Nase gründlich voll.

Jan ahnt Marlenes düstere Gedanken und beschreibt genau, wo sich sein Zimmer befindet und dass die Schlüssel an einem Minicampanile hängen.

Marlene zieht ihren aus der Handtasche und überzeugt sich von Jans Behauptung. Dann entdeckt sie amüsiert das heraushängende Preisschild an seinem Hemd. So sieht kein Triebtäter aus. Außerdem ist sie ihm etwas schuldig für seine Rettung.

Von Marlenes Balkon aus klettert Jan vorsichtig über das Dach bis zu seinem eigenen. Fast rutscht er dabei unter Marlenes bestürztem Blick aus und kann sich im letzten Moment am Geländer festhalten. Zum Glück hat Jan aufgrund seines kopflosen Aufbruchs am Mittag die Balkontür offen gelassen. Für jeden Einbrecher die optimalen Bedingungen. Jan winkt Marlene als Zeichen, dass er auf seinem Balkon gut angekommen ist. Was für ein Tag! Mit einem Seufzer der Erleichterung lässt er sich angezogen aufs Bett fallen und freut sich, dass er seinen Auftrag auf ganz unkonventionelle Weise erfüllt hat. Ein Anfang mit Marlene ist gemacht und das ganz ohne plumpes Anbändeln. Nichts ist mehr von dem Vorsatz übrig, sich nicht mehr mit ihr beschäftigen zu wollen.

Zwei Zimmer weiter lässt Marlene den Tag Revue passieren. Sie hat ganz vergessen, nach dem Namen ihres Retters zu fragen. Wie ein Held hat er Luigi in die Flucht geschlagen. Eine angenehme, beruhigende Stimme besitzt er, und sein Geruch will nicht mehr aus ihrer Nase weichen. Sie kann es nicht erklären, aber in seiner Nähe fühlte sie sich sofort geborgen und beschützt. Hoffentlich ist sie Luigi ein für alle Mal los. Morgen muss sie alles den Freundinnen berichten. Jetzt ist sie zu müde dazu.

Kapitel 10

Pünktlich um acht Uhr klingelt Julia an Bens Wohnungstür. Als er nicht gleich öffnet, hämmert sie mit der Faust dagegen.

Die SMS von Marlene mit dem Foto in der Gondel ist der Auslöser für ihre Wut. Der Ersatzmacho existiert anscheinend gar nicht. Er hätte sonst längst auf der Bildfläche erscheinen müssen. Wahrscheinlich hat Ben ihn erfunden, um Julia zu täuschen und von ihrer Beschwerde bei Frau Röhrig abzuhalten. Außerdem hat sie keinen potenziellen *Mann für alle Fälle* namens Jan Hansen im Internet ausfindig gemacht. Das erhärtet den Verdacht. „Na warte, Bürschchen", denkt Julia, „dir werde ich die Tour schon vermasseln. So schnell kannst du mich nicht abschütteln."

Erneut klingelt und klopft sie gleichzeitig.

Plötzlich reißt Ben die Tür auf und Julia die Augen. Er hat lediglich ein Handtuch um die Hüfte geschlungen und ist dabei, mit einem kleineren seine nassen Haare zu trocknen. Dabei lässt er seinen Bizeps spielen.

„Das nenne ich pünktlich! Demnach ist Jan also nicht aufgetaucht?"

„Darf ich reinkommen?", ignoriert Julia Bens Frage. Sie muss sich erst wieder sammeln, denn Bens leicht bekleideter Anblick hat ihr die Sprache verschlagen. Mann, sieht der Kerl knackig aus! Am liebsten würde sie ihm das Handtuch vom Leib reißen. Was ist los mit ihr? Wollte sie ihm nicht die Leviten lesen und den Gang zu Frau Röhrig androhen? Stattdessen glotzt sie ihn an wie eine pubertäre Göre.

„Geh bitte schon mal in die Küche! Ich ziehe mir kurz was an!"

Hypnotisiert tut Julia wie ihr befohlen. Es dauert keine zwei Minuten, und Ben erscheint in einer engen Jeans, sein Oberhemd zuknöpfend, unter dem seine braune Haut durchschimmert.

„Ich habe auch nichts von Jan gehört. Sein Handy ist nach wie vor abgeschaltet. Ich verstehe das alles nicht. Er ist sonst ein absolut zuverlässiger Mensch!“ Ben wendet sich der Kaffeemaschine zu: „Magst du einen Kaffee?“

Julia hat sich wieder gefangen: „Ich bin nicht zum Kaffeetrinken vorbeigekommen. Wie stellst du dir das weiter vor?“

„Ehrlich gesagt, ich habe keine Ahnung!“ Ben gießt zwei Becher voll Kaffee und hält einen davon Julia hin, die ihn doch annimmt. „Milch?“

Julia schüttelt den Kopf. „Schwarz, so wie der Tag begonnen hat.“

Ben ist nicht wohl in seiner Haut. Er kann schwer einschätzen, ob Julia tatsächlich zu Frau Röhrig rennt und ihr Geld zurückverlangt oder ob sie seiner Charmeoffensive ein zweites Mal erliegen wird. Diese Apothekerin macht nicht den Eindruck, als ließe sie sich von Schmeicheleien blenden.

Dennoch starrt er sie mit einem treuen, erwartungsvollen Hundeblick an, als habe er gerade ein Würstchen vom Tisch geklaut und würde deshalb um Gnade winseln.

Prompt kassiert er von Julia dafür eine verbale Ohrfeige: „Brauchst gar nicht mit der Mitleidstour anzukommen!“

„Will ich nicht! Trotzdem hättest du mal nach meinem Zustand fragen können.“

„Und? Haben die Tabletten geholfen?“

„Ja, Frau Apothekerin, und wie du erkennen kannst, ist die Schwellung kaum noch zu sehen.“

Tatsächlich ist Bens Wange nicht mehr so entstellt wie am

Tag zuvor.

„Das freut mich!“ Julia nippt an ihrer Tasse, um dann die alles entscheidende Frage zu stellen: „Was schlägst du vor? Hast du eine Lösung, die mich davon abhält, deine Chefin zu informieren?“

In diesem Moment brummt Julias Handy in der Tasche zum Zeichen, dass sie eine SMS erhalten hat. Gleich schaut sie nach, und Ben beobachtet, wie beim Lesen Julias Gesichtszüge einen entsetzten Ausdruck annehmen.

„Da, lies selbst!“ Sie hält Ben das Handy hin.

Bin gestern knapp einer Katastrophe in
Gestalt von Luigi entkommen. Zum Glück
war ein Retter zur Stelle. Macht euch
keine Sorgen!

„Weißt du jetzt, warum wir Marlene eine Begleitung an die Hand geben wollten? Es ist genau das passiert, was du verhindern solltest.“

Ben springt entschlossen vom Stuhl auf.

„Ich fahre nach Venedig und schaue nach dem Rechten.“ Er staunt über sich selbst, dass er diesen Vorschlag ausgesprochen hat.

Noch vor fünf Minuten wäre ihm das nicht in den Sinn gekommen. Nicht nur die Vertragsstrafe treibt ihn dazu, sondern Julia, die er auf einmal nicht enttäuschen will. Es rührt ihn, wie sie sich um Marlene sorgt. Das ist wahre Freundschaft.

„Ich komme mit!“ Wie aus der Pistole geschossen kommt Julias Reaktion, mit der Ben zuallerletzt gerechnet hätte.

„Was? Bist du sicher?“

„Klar, das bin ich Marlene schuldig und auch Sabine und

Gabi, weil ich auf die irrsinnige Idee gekommen bin. Außerdem bist du nicht ganz fit. Es wäre verantwortungslos, dich allein fahren zu lassen."

„Aber kannst du deine Apotheke einfach dichtmachen?"

„Das lass mal meine Sorge sein. Pack du das Notwendigste ein. Ich hole dich in spätestens einer Stunde ab."

Ben bekommt keine weitere Gelegenheit, es sich anders zu überlegen, denn Julia ist bereits aufgesprungen und verlässt die Wohnung.

Eine Stunde später braust Julias alter Käfer auf der Autobahn in Richtung Inntal. Zum Glück hatte ihre Kollegin, eine Apothekerin, die hauptsächlich Urlaubsvertretungen macht, Zeit, sofort zu erscheinen. Ansonsten hätte sie ihren spontanen Entschluss rückgängig machen müssen. Die Apotheke darf nie ohne eine Approbierte sein. Ihr blieb keine Zeit mehr, Sabine und Gabi über ihre Abreise per Telefon zu informieren. Eine SMS musste reichen. Schließlich haben die beiden anderen Kleeblätter Marlenes Nachricht ebenfalls erhalten und können deshalb nachvollziehen, warum sie überstürzt nach Italien reist.

Kurz vor Innsbruck entscheidet Julia, die Brennerautobahn zu verlassen, da im Radio ein Stau angekündigt worden ist.

„Bleib lieber drauf! Meist löst sich die Schlange vor der Mautstation schnell wieder auf", lässt Ben verlauten.

„Ach, fährst du öfter hier lang?" Julia kann sich einen aufmüpfigen Tonfall nicht verkneifen. Sie hasst es, beim Autofahren gemaßregelt zu werden. Vor allem von einem Mann.

„Früher bin ich am Wochenende manchmal zum Surfen an den Gardasee."

„Mit einem Harem im Gepäck, der dich dann auf dem Brett anschmachten durfte?"

„Woher weißt du?", neckt Ben amüsiert zurück.

„Nur eine Vermutung!“

Julia nutzt Bens Abgelenktsein, um von der Autobahn runterzufahren. Zu spät bemerkt er es. „Hey, weißt du, wie mühsam die Strecke über die Landstraße über den Brenner ist? Das dauert zehnmal länger als die paar Minuten Stau an der Bezahlstelle. Noch dazu mit deinem alten Auto.“

Den Zusatz hätte er besser gelassen, denn Julia ist sehr empfindlich, wenn jemand ihr heiß geliebtes Auto kritisiert. Es war das Geschenk ihres Vaters zum achtzehnten Geburtstag, der es selbst als Student von seinem Vater erhalten hatte. Nie hat der Käfer bisher schlappgemacht und nennt den ersten Motor sein Eigen. Er wird von Julia mit viel Liebe gehegt und gepflegt.

„Kann sein, dass wir mit meinem Vehikel länger brauchen, aber dafür sparen wir acht Euro für die Maut. Schließlich haben wir mit dir und deinem Ersatzmacho genug Geld in den Sand gesetzt.“

Das fruchtet. Ben hält für einige Zeit die Klappe, während das Auto die Bergstraße hinaufächzt. Er kann froh sein, dass Julia überhaupt mitkommt, denn er verfügt über keinen fahrbaren Untersatz und hätte die Reise nach Venedig nur mit dem Zug antreten können. Ein Flugticket wäre viel zu teuer gewesen.

Julia hängt ebenfalls ihren Gedanken nach. Wie konnte sie ohne zu zögern ihre Bereitschaft erklären, Ben nach Venedig zu begleiten? Schließlich ist es allein sein Problem, die fatale Situation zu klären. Irgendetwas hat der Kerl an sich, was ihren Verstand ausschaltet. Hat sie sich etwa in Ben verliebt? Das darf sie auf keinen Fall zulassen. Schließlich ist der Typ alles andere als standesgemäß. Wer will denn einen Partner, der anderen Frauen die Freizeit gegen Geld versüßt? Auch wenn angeblich nichts mit *Flachlegen* läuft, wer gibt die Garantie dafür? Vertragsklauseln werden oft genug umgangen, oder es wird gegen sie verstoßen, sonst wären die Gerichte und Anwälte arbeitslos. Nein, diesen Mann muss sie als das betrachten, was er ist: eine kurze Episode in ihrem Leben ohne Folgeerscheinungen. Wenn das Dilemma in Venedig ein gutes Ende genommen hat, ist Ben Geschichte. Hoffentlich hat sie Marlenes Freundschaft nicht bereits verloren, bevor sie angekommen sind. Am besten wäre, Jan Hansen träte erst gar nicht mehr in ihr Leben. Luigi ist sie losgeworden, und Marlene wird zukünftig vorsichtiger mit vermeintlichen Verehrern sein. Aber wie wird sie auf das Erscheinen von Ben und ihr selbst reagieren? Darüber hat sich Julia in ihrer Spontanität gar keine Gedanken gemacht. Wo sollen sie beide überhaupt nächtigen? Es hieß von Frau Röhrig, dass sie die beiden Zimmer für Marlene und den *Mann für alle Fälle* allein durch gute Beziehungen so kurzfristig bekommen hat. In Venedig herrscht um diese Jahreszeit Hochsaison. Hinzu kommen ein Filmfestival und ein Kongress, was das Zimmerangebot zusätzlich senkt. Notfalls müssen sie am *Lido* campieren. Das ist die einzige Lösung. Am besten ist, wenn Marlene nichts von ihrer Anwesenheit merkt. Ben pfeift seinen Kollegen zurück, aber sie sind in unmittelbarer Nähe, wenn bei der Freundin wieder mal etwas in Schieflage gerät. Zufrieden über diese Idee, kehrt ein Lächeln auf Julias Gesicht zurück, das gleich darauf durch ein lautes *blobblob* gefriert. Der Käfer macht drei Bocksprünge, um dann stehen zu bleiben.

„Was soll das denn jetzt?" Julia versucht vergeblich, das Auto wieder zu starten.

Ben schnallt sich ab: „Lass mich mal ans Steuer!" Ohne Umschweife ist er ausgestiegen und reißt die Fahrertür auf.

„Als ob er bei dir eher anspringt!" Trotzdem überlässt Julia Ben den Fahrersitz, um ihn sein Glück versuchen zu lassen. Vergeblich, der Wagen gibt keinen einzigen Ton mehr von sich.

„Hast du beim Tanken genug Blei zugegeben?“

Die alten Käfer verkraften kein bleifreies Benzin und benötigen daher ausreichenden Zusatz.

„Ich bin doch nicht blöd. Ich habe wie immer den Messbecher benutzt. Und was machen wir jetzt?“, mault Julia.

„Wären wir auf der Autobahn geblieben, dann könnten wir wenigstens den Pannendienst anrufen. Bitte öffne mal die Heckklappe! Vielleicht kann ich was erkennen.“

Diesmal bleiben Julia die Widerworte im Halse stecken. Ausnahmsweise hat Ben einmal recht. In dieser Gegend existiert bestimmt weit und breit keine Notrufsäule, geschweige denn eine Reparaturwerkstatt.

Ben inspiziert den Keilriemen, der intakt ist. Öl ist ebenfalls genug vorhanden. Er zuckt mit den Schultern und schließt die Heckklappe.

„Keine Ahnung, was die Kiste hat.“

„Na toll, ich rufe den Pannen-Notdienst an. Vielleicht ist ein Wagen von denen zufällig in der Nähe und kann uns helfen.“ Julia hat die Nummer im Handy gespeichert, aber keinen Empfang. „Verdammter Mist!“

In diesem Moment tuckert ein Trecker heran und hält.

„Probleme?“, ruft der Fahrer zu ihnen hinunter.

Als Julia und Ben gleichzeitig nicken, stellt er den Motor ab. Fachkundig stellt er kurze Zeit später fest, dass der Vergaser kaputt ist. Er schlägt den beiden vor, den Käfer bis zu seinem Hof abzuschleppen, der wenige hundert Meter entfernt liegt. Sein Freund ist Kfz-Mechaniker und kann mal einen Blick auf den Wagen werfen. Allerdings arbeitet der in Innsbruck und kann erst am Abend vorbeischauen. Was bleibt den unfreiwillig gestoppten Reisenden anderes übrig, als auf den Vorschlag einzugehen. Das war es erst einmal mit der *Mission Venedig*.

Marlene hat auf der Frühstücksterrasse der Pension einen kleinen Tisch für zwei Personen ergattert und bestellt Kaffee. Dabei behält sie die Tür im Auge, in der Hoffnung, dass Jan bisher nicht gefrühstückt hat und gleich erscheinen wird. Sie möchte sich noch mal bei ihm für seinen beherzten Auftritt und die Rettung bedanken.

Als gerade ihr Kaffee serviert wird, erscheint Jan endlich im Türrahmen. Freudig winkt sie ihm zum Zeichen, dass er sich zu ihr setzen soll.

Jan nickt beglückt und gibt Marlene durch Handzeichen zu verstehen, dass er sich zuvor am Buffet bedienen möchte. Er füllt seinen Teller mit frischen duftenden Croissants, Butter und verschiedenen Marmeladensorten.

Plötzlich gesellen sich zwei Damen um die vierzig rechts und links neben ihn und verwickeln ihn in ein Gespräch. Weiß er, wie viel man für eine Gondelfahrt ausgeben muss? War er schon auf dem Glockenturm? Jan will sich höflich aus der Affäre ziehen, indem er vorgibt, erst heute so richtig mit der Stadtbesichtigung zu beginnen. Gestern wäre er zu müde gewesen. Ohne Hemmungen hakt die eine Frau Jan unter und führt ihn zu einem Vierertisch. Die andere schnattert unentwegt auf ihn ein. „Dann können wir uns zusammentun und gemeinsam eine Gondelfahrt machen. Das kommt viel günstiger zu dritt!"

„Ich, hm ... ich habe heute bereits eine Verabredung", will sich Jan verabschieden und sucht dabei Blickkontakt zu Marlene, die jedoch gerade einen Plausch mit der jungen Kellnerin hält.

„Schade, dann leisten Sie uns wenigstens jetzt ein bisschen Gesellschaft."

Jan fügt sich in sein Schicksal und sieht Marlene hinterher, wie sie die Terrasse verlässt. An der Tür schaut sie zurück und winkt ihm lächelnd zu. Sie zeigt natürlich ihre Enttäuschung nicht, dass Jan die Gesellschaft der anderen Damen ihrer vorgezogen zu haben scheint.

Jan ärgert es, nicht willens genug gewesen zu sein, den beiden Frauen eine Absage zu erteilen. Missmutig knabbert er an einem Croissant, das ihm nicht schmecken will. Entschlossen, aber freundlich verabschiedet er sich, um Marlene einzuholen. Diesmal ganz freiwillig! Er prescht zur Rezeption, wo ihn Frau Bertani anlächelt.

„Haben Sie Frau Graf gesehen?", will er ohne Umschweife wissen.

„Ja, die ist weg, aber ich nehme nach der Personenbeschreibung von Frau Graf an, dass dieser Zettel für Sie bestimmt ist."

Jan nimmt das Papier entgegen und liest die Zeilen:

Vielen Dank für Ihre Rettung. Darf ich Sie
dafür heute Abend zum Essen einladen?
Treffpunkt 20 Uhr an der Rezeption? Bin
auf dem Weg nach Burano.
Gruß, Marlene Graf

Jan strahlt über das ganze Gesicht. Warum soll er bis heute Abend warten, um Marlene wiederzusehen? Vergessen ist sein Forscherdrang. Er beschließt, Burano ebenfalls einen Besuch abzustatten. Einen genauen Plan, wie er den Tag gestalten will, hat er ohnehin nicht. Zur Polizei kann er später noch, um sein Handy als gestohlen zu melden. Insgeheim ist er sogar froh, Ben gegenüber ein Alibi zu haben, warum er sich nicht mehr meldet. Wenn er sich beeilt, schafft er es vielleicht rechtzeitig zum Wassertaxistand und erwischt dasselbe Boot wie Marlene.

Jans Zielperson hat die Pension vorsichtig verlassen, rechts und links schauend, ob Luigi wieder auf sie lauert. Zum Glück ist von dem Aushilfsportier nichts zu sehen. Marlene hat vorerst darauf verzichtet, sich bei Frau Bertani über ihn zu beschweren. Was genau soll sie auch sagen? Der Kerl hat mir seine Gesellschaft aufgedrängt? Das wäre nicht korrekt, denn sie hätte von Anfang an ganz klar und deutlich nein sagen können, als er ihr anbot, ihr Venedig zu zeigen. Zu dem Zeitpunkt hatte sie aber noch den Vorsatz, sich zu amüsieren, und da kam Luigi auf dem Silbertablett daher und erleichterte ihr den Zugriff. Sicher hat er mit seiner Masche schon bei vielen Frauen gepunktet und konnte sich nicht damit abfinden, dass sie bei Marlene nicht zog. Wie heißt der Spruch, den ihre Mutter bei passender Gelegenheit immer auf den Lippen hatte? Genau: *Wer sich selbst in Gefahr begibt, kommt darin um.* Als Kind fand Marlene die Sprichwörter doof und konnte nichts damit anfangen. In letzter Zeit fallen ihr häufiger welche ein, und sie muss gestehen, dass diese oft gar nicht so dumm sind und ein Fünkchen Wahrheit enthalten. *Jeder ist seines Glückes Schmied*, zum Beispiel. Hätte sie mit Klaus glücklich werden können? Er war ein Kommilitone und ihr Coach im Jurastudium. Ohne ihn hätte Marlene die Studienzeit und das Examen nicht überlebt, denn der Paragrafendschungel war für sie ein Buch mit sieben Siegeln. Klaus lernte täglich mit ihr. Nie ist ihr in den Sinn gekommen, dass er das nicht selbstlos tat, sondern in sie verliebt war. Sie mochte ihn als guten Freund und Kumpel, mehr nicht. Erst bei der Examensfeier, als sie ihm eröffnete, den Referendardienst nicht antreten zu wollen, und er darüber maßlos enttäuscht war, ging ihr ein Licht auf. Richtig wütend ist er geworden. Er habe ihr nicht all das Wissen eingetrichtert, damit sie jetzt aufhöre mit der Juristerei. Nach all den Pleiten, die Marlene inzwischen mit anderen Männern erlebt hat, fragt sie sich, ob sie es hätte lernen können, Klaus zu lieben, einen Mann, der es ehrlich mit ihr meinte. Marlenes Mutter war überzeugt davon, die Klaus immer gerne mochte. Auch ihr Vater schätzte es, mit ihm zu fachsimpeln, und sah ihn wohl schon als potenziellen Schwiegersohn, der zusammen mit seiner Tochter die Kanzlei fortführte.

Der Gedanke an ihre Mutter stimmt Marlene melancholisch. Sicher könnte sie mit ihr über alle Probleme reden. Wäre es besser gewesen, zu den Eltern nach Spanien zu reisen als nach Venedig? So richtig kann sie den Trip nicht genießen, da die Sorge, keinen neuen Job zu finden, ständig in ihrem Kopf herumkreist. Aber der Wunsch, München und Stephan zu entkommen, war stärker als die Vernunft und der Verstand. Ihre Mutter würde ihr ohne Wertung ihres Verhaltens beistehen, aber ihr Vater würde bestimmt nicht mit Häme sparen. Sie ist unfähig, einen guten Job zu machen, und unfähig, einen Partner dauerhaft an sich zu binden. Die Bestätigung dessen, was sie ohnehin selbst weiß, kann ihr auch nicht weiterhelfen. Selbsterkenntnis ist der erste Weg zur Besserung. Schluss mit den Sprüchen und weg mit den düsteren Überlegungen! Der Tag ist zu schön dafür.

Marlene schlendert durch die malerischen Gassen in Richtung Anleger, wo die Linienschiffe zu den anderen Inseln abfahren. Die Warteschlange für das Boot nach Burano ist lang. Deshalb bemerkt Marlene den Mann nicht, der etwa fünf Meter hinter ihr ebenfalls auf das Schiff wartet und der ihr gut bekannt ist.

Kapitel 11

Julia und Ben sitzen draußen vor dem Bauernhof auf der Holzbank und werden von der netten Bäuerin mit einer Vesperplatte und Almdudler verwöhnt. Gerne greifen die beiden zu, denn die ganze Aufregung mit dem kaputten Käfer hat sie hungrig gemacht.

Julia wendet sich an die Bäuerin: „Gibt es einen Gasthof in der Nähe? Wie es aussieht, werden wir heute ja kaum von hier wegkommen."

„Da haben Sie ausgesprochenes Glück, denn wir haben ein Gastzimmer, das wir vermieten und das momentan frei ist."

„So ein Zufall, haben Sie auch zwei?", setzt Julia nach.

„Damit kann ich nicht dienen, aber unser Zimmer hat ein Doppelbett."

Offensichtlich hält die Bäuerin Ben und Julia für ein Paar. Als sie kurz ins Haus geht, um Getränkenachschub zu holen, zischt Julia Ben leise zu: „Ich denke nicht daran, das Bett mit dir zu teilen."

„Zwingt dich ja niemand", kontert Ben und deutet mit seinem Blick in Richtung Stall, „da ist bestimmt ein Plätzchen für dich frei."

„Jetzt werde mal nicht frech. Wenn jemand im Stall schläft, dann du. Wer hat uns denn dieses Himmelfahrtskommando eingebrockt?"

Ben bleibt die Antwort im Halse stecken, denn die Bäuerin erscheint mit dem Zimmerschlüssel und weiteren Flaschen Almdudler. „Frische Handtücher liegen auf dem Bett. Das Zimmer verfügt sogar über eine Nasszelle", fügt sie stolz hinzu,

„mein Mann hat sie erst vor Kurzem eingebaut."

Julia verzieht das Gesicht. Bitte nicht! Auch wenn sie sonst Komfort auf Reisen schätzt, wäre ihr in dieser Situation ein Gemeinschaftsbad am hinteren Ende des Etagenflures lieber gewesen. Selbst wenn Ben im Heu schläft, kann sie es ihm nicht verwehren, die Dusche mit zu benutzen.

Ben nutzt Julias Schweigen, um das Thema geschickt zu wechseln, und fragt ihre Gastgeberin: „Können Sie uns einen Tipp geben, wie wir die Zeit bis heute Abend sinnvoll verbringen können?"

Die Bäuerin lächelt vieldeutig. „Wenn Sie Ihren Mittagschlaf beendet haben, kann ich Ihnen Fahrräder ausleihen. Zum Brennersee rauf ist es nicht weit."

„Okay, super! Das Angebot nehmen wir gerne an", findet der Vorschlag Bens Zustimmung.

„Ich hole die Räder gleich aus dem Schuppen und stelle sie davor." Im nächsten Moment ist die Bäuerin verschwunden.

„Wir?" Julia hört scheinbar nicht richtig. Ben bestimmt einfach über ihren Kopf hinweg, als wäre er ihr Vormund.

„Hast du vielleicht eine bessere Idee? Kannst natürlich auch den Stall ausmisten helfen oder Kühe melken. Ich jedenfalls werde mir die Gegend ansehen, wenn wir schon mal hier sind. Bisher bin ich auf der Autobahn nur daran vorbeigefahren."

⚖ ⚖ ⚖

Ben steht auf und beachtet Julia nicht weiter. Er holt seine Reisetasche aus dem Käfer, schnappt den auf dem Tisch liegenden Zimmerschlüssel und betritt das Haus. Er wird erst einmal duschen, und vielleicht kriegt Julia sich in der Zwischenzeit wieder ein. Auf der einen Seite macht Ben der verbale Schlagabtausch mit seiner Begleiterin Spaß, auf der anderen Seite würde er sie gerne näher kennen lernen. Dazu müssten sie zu ernsteren Themen wechseln und mit dem Wortgeplänkel aufhören. Wie soll er das anstellen? Julia hält ihn offensichtlich für einen Lebemann, der kein ehrliches Interesse an Frauen hat, sondern bloß Geld mit ihnen verdienen will. Er kann es nicht erklären, aber er möchte, dass sie die Wahrheit über ihn erfährt. Dass er sehr wohl Gefühle haben kann und sein Job wie jeder andere ist. Natürlich wird er im Stall schlafen. Schließlich ist er ihr das schuldig nach all dem Ärger, den er verursacht hat.

Julia wartet vorsichtshalber zwanzig Minuten, um Ben nicht wieder halb nackt in ein Handtuch gehüllt zu begegnen. Sie atmet tief durch, nimmt einen Schluck Almdudler und lauscht dem Muhen der Kühe auf der Weide. Es riecht nach frisch gemähtem Heu. Als Kind war dieser Duft für Julia der Inbegriff des Sommers. Läge ihr nicht die Mission im Magen, könnte sie die ganze Situation durchaus genießen. Ein attraktiver Mann, Natur pur und herrliches Wetter, was will Frau mehr? Julia ist sich im Klaren darüber, dass sie auf ihre Gefühle achtgeben muss. Bens Nähe ist gefährlicher, als sie es sich eingestehen will. Das darf nicht sein. Sie haben sich einzig und allein zusammen auf den Weg gemacht, um Marlenes und Jans Freundschaft nicht zu verlieren. Warum stellt sie sich trotzdem ständig vor, wie es wäre, von Bens Bizeps umschlungen zu werden? Einfach deshalb, weil sie schon länger keine Affäre mehr hatte? Die letzte liegt ein gutes halbes Jahr zurück. Ein Pharmavertreter, der ihr neue Produkte für die Apotheke anbieten wollte, lud sie großzügig zum Essen ein. Anschließend gab es bei ihr in der Wohnung einen Kaffee, der aber kalt wurde, da sie beide plötzlich übereinander herfielen, als wäre es die letzte Gelegenheit vor dem Untergang der Welt. Es war ein heißer One-Night-Stand, den Julia nicht bereut. Ein Wiedersehen war von beiden Seiten nicht geplant.

Sicher wäre es nicht schwierig, Ben einzuheizen. Schließlich ist er nur ein Mann, aber zum ersten Mal in ihrem Leben fragt sich Julia, ob ihr eine einzige Nacht mit ihm reichen würde? Könnte sie ihn am nächsten Tag einfach aus ihrem Kopf streichen? Die Antwort lautet eindeutig *nein*. Daher ist es vernünftiger, erst gar nichts mit ihm anzufangen.

Tief in ihre Fantasien versunken, bemerkt Julia nicht, dass Ben längst im Türrahmen steht und sie mit einem spitzbübischen Lächeln beobachtet, als könne er ihre Gedanken von der Stirn ablesen. Er räuspert sich, und Julia zuckt zusammen. Ein zartes Rosa überzieht ihr Gesicht, als sie ihn erblickt. Seine gebräunte Haut glänzt in dem Sonnenstrahl, der gerade ums Haus lugt. Seine Augen strahlen, und von seiner geschwollenen Wange ist kaum noch etwas zu sehen.

„Kannst du überhaupt Rad fahren?“, versucht Julia, ihre plötzliche Verlegenheit zu überspielen.

Ben verdreht die Augen: „Sehe ich so aus, als könne ich irgendetwas nicht?“

„Ach, jetzt blas dich nicht so auf! Ich meine wegen deines Backenzahns. So kurz nach einer OP soll man körperliche Anstrengungen vermeiden.“

„Hey, so fürsorglich? Ich bin begeistert, Frau Apothekerin!“

Wider Willen muss Julia über Ben lachen. Er kann einfach nicht ernst sein.

„Mach dir keine Sorgen, ich bin zäh. Wenn ich nicht mehr kann, steige ich vom Rad und schiebe.“

„Auf deine Verantwortung!“ Julia hat sich schnell wieder im Griff und geht auf seinen flapsigen Tonfall ein.

Nachdem Julia ebenfalls ihr Gepäck im Zimmer deponiert hat, machen sich die beiden mit den alten Fahrrädern auf den Weg in

Richtung Brennersee. Die Bäuerin hat ihnen erzählt, dass das Wasser nicht zum Baden einlädt, da die Temperatur selbst im Hochsommer nicht über 12 Grad steigt. Daher haben Julia und Ben nur Handtücher mitgenommen, um sich draufzulegen.

Der Weg hinauf auf – über eintausenddreihundert Meter – ist beschwerlicher, als sie gedacht haben. Julia will auf halber Strecke umkehren, doch Ben treibt zum Durchhalten an. Bestimmt werden sie für den Ausblick belohnt. Er soll recht behalten.

Obwohl die Autobahn nicht weit entfernt ist, liegt der Brennersee idyllisch. Die jadegrüne Färbung des Alpensees sorgt für Begeisterung bei den Betrachtern. Eine Algenschicht am Boden des Sees ist für die charakteristische Färbung verantwortlich. Umgeben ist das Gewässer von den gewaltigen Bergen Tirols. Weit und breit keine Badegäste in Sicht, lediglich hier und da ein einsamer Angler.

Julia lässt ihr Rad ins Gras fallen, Ben tut es ihr gleich. Sofort zieht sie Schuhe und Strümpfe aus. Eine Wasserkostprobe muss sein. Julia ist selten zimperlich, aber als der erste Zeh ins Nass taucht, kreischt sie: „Aaaaa, ist das lausig kalt. Kein Wunder, dass hier niemand badet“, und zu Ben, „los, sei kein Frosch, probier mal!“

Ben macht keine Anstalten aufzustehen, denn er hat die mitgebrachten Handtücher auf dem Gras ausgebreitet, blinzelt verträumt in die Sonne und lässt die Kulisse auf sich wirken.

„Du Feigling!“ Julia kehrt zu Ben zurück und lässt sich auf das Handtuch plumpsen. Sie schweigen. Allein das gleichmäßige Rauschen auf der Autobahn ist zu hören.

Julia findet als Erste ihre Sprache wieder und sieht Ben von der Seite an: „Alles okay? War´s doch zu anstrengend für dich?“

Ben schüttelt energisch den Kopf. „Selbst wenn, so habe ich

mir diese Suppe ja eingebrockt. Aber der tolle Ausblick entschädigt für alles, oder?“

„Fast.“ Julia zieht ihre Tasche zu sich und beginnt, darin zu kramen, bis sie ihr Handy in der Hand hält. „Mal schauen, ob Marlene neue Fotos oder eine SMS aus dem Katastrophengebiet geschickt hat. Hier oben müsste ich Empfang haben.“

„Kannst du nicht mal den Moment genießen? Ist doch egal, ob sie geschrieben hat oder nicht.“

„Typisch, hast du vergessen, dass wir wegen dir hier sind, weil du Mist gebaut hast?“ Schon geht die Wortklauberei zwischen den beiden wieder los, obwohl Julia damit aufhören wollte. Sie hält das Handy in alle Richtungen, aber es hat immer noch keinen Empfang. Wütend wirft sie es ins Gras.

„Wenigstens wirst du mir jetzt etwas über diesen Hansen erzählen. Das bist du mir schuldig.“

„Warum glaubst du nicht, dass er der ideale Begleitschutz für deine Freundin ist?“

„Mein Bauchgefühl lässt es mich ahnen!“

Belustigt schaut Ben zu ihr hinüber. „Aha, ich hätte darauf gewettet, dass du in erster Linie nach deinem Verstand handelst. Was verrät dir denn dein Bauchgefühl?“

„Ich habe im Internet recherchiert. Es gibt mehrere Jan Hansen: einen Marathonläufer, einen Schornsteinfeger, einen Pizzabäcker. Von denen wird es keiner sein, oder?“

Als von Ben keine Reaktion kommt, fährt Julia fort: „Dr. Jan Hansen gibt es zweimal, einen Urologen und einen Wissenschaftler. Die scheiden ganz aus.“

Ben lacht schallend, sodass sich Julia übermütig auf ihn stürzt und das Balgen anfängt. Sie liegt fast auf ihm, als er ihre Hände festhält. Einen magischen Moment lang schauen sie sich in die Augen, und Julias Mund kommt Bens ganz nahe, als er wie ferngesteuert sagt: „Der Wissenschaftler ist es."

„Was?" Der Zauber des Moments ist innerhalb einer Sekunde zerstört. Sie rückt sofort ab und setzt sich kerzengerade auf ihr Handtuch. „Sag das noch mal!"

„Dr. Jan Hansen ist Geophysiker an der Uni München und mein bester Freund!" So, jetzt ist es endlich heraus, auch wenn Ben mit seinem Statement den magischen Augenblick ruiniert hat, der unweigerlich zum Kuss geführt hätte. Er kann es sich selbst nicht erklären, warum er ausgerechnet jetzt damit herausrücken musste. Wahrscheinlich wird er nie mehr Gelegenheit haben, Julia so nahe zu sein.

Julias Gehirn arbeitet auf Hochtouren, bis sie das Bild von Jan vor ihren inneren Augen hat. „Nicht dein Ernst? Der mit dem Künstlerhaar?"

Ben beißt sich auf die Unterlippe und nickt kaum merklich.

Sie registriert es trotzdem. „Und dieser Jan gehört selbstverständlich nicht der Agentur an, sondern ist als Freund für dich eingesprungen?"

„Ja."

„Mehr hast du zu deiner Verteidigung nicht zu sagen?"

„Nein!"

„Warum hast du keinen Ersatz aus der Agentur angeheuert?", setzt Julia das Verhör fort.

„Ich hab´s versucht, ehrlich! So kurzfristig konnte ich niemanden erreichen."

„Ich nenne dein Verhalten betrügerisch. Nur weil du die Vertragsstrafe nicht zahlen willst, schickst du irgendeinen Fuzzi, der von nichts eine Ahnung hat." Julia springt auf, friemelt wütend ihr Handtuch unter die Gurte des Gepäckträgers, hängt sich ihre Handtasche quer über die Brust und fährt davon, ohne sich noch mal umzudrehen. Ungewollte Tränen laufen ihr über die Wangen. Sie weiß nicht, warum sie weint. Ist es wegen des verpatzten Geschenkes oder weil ihr Vertrauen zu Ben mit der Keule zerschlagen wurde? Eiskalt ließ er sie im Glauben, eine adäquate Ersatzperson an Marlenes Seite geschickt zu haben. Jetzt dämmern ihr so einige Dinge. Im Flugzeug saß Jan nicht neben ihr, statt seiner Person tauchte Luigi auf den Fotos auf. Kein Wunder, denn Jan weiß sicher gar nicht genau, was er überhaupt zu tun hat.

Julia rast den Berg hinunter, als gelte es, die Tour de France zu gewinnen. Leider hat sie die Rechnung ohne das alte Klapperrad gemacht. In einer Haarnadelkurve springt plötzlich die Kette ab, und Julia verliert jede Kontrolle.

„Hilfe!“, ist das einzige Wort, was ihr vor Entsetzen über die Lippen kommt, als sie kopfüber die Böschung hinunterfällt und reglos liegen bleibt.

Kapitel 12

Marlene erwischt einen der letzten Plätze auf dem Außendeck des Linienschiffes. Sie hat sich ganz bewusst für den Besuch auf der Insel Burano entschieden und nicht für Murano, wo die Menschen ganz mit und vom Glas leben. Bestimmt wäre eine Glashüttenführung interessant, um den Glasbläsern bei der Arbeit zuzusehen, aber Marlene haben es die echten und sehr teuren Spitzendecken ihrer Großmutter aus Burano angetan, die sie geerbt hat und die inzwischen überall in ihrer Wohnung einen Platz gefunden haben. Jetzt freut sie sich, endlich die Herkunftsstätte kennen zu lernen.

Das Boot fährt schnell. Der frische Wind um die Nase tut Marlene gut. Er macht ihren Kopf ein bisschen frei von all den Ereignissen der letzten Tage. Bisher war ihr Trip eher chaotisch als erholsam. Bestimmt warten die Freundinnen längst auf ihre neuste Nachricht und wollen wissen, wer der Retter der Nacht gewesen ist. Marlene hatte beim Frühstück zwar ihr Handy gezückt, um heimlich ein Foto von Jan zu schießen, aber es ist ihr leider nicht gelungen, da die aufdringlichen Verehrerinnen ständig die Sicht auf ihn versperrten. Wenigstens weiß sie von der redseligen Frau Bertani den Namen ihres Helden. Die Freundinnen müssen sich gedulden, bis sie eine andere Gelegenheit für einen Schnappschuss erhält. Irgendwie möchte sie gar nicht mehr ständig berichten, was und mit wem sie etwas erlebt. Wenn sie zurück in München ist, wird sie das restliche Kleeblatt zu einem Fotoabend einladen und alle Einzelheiten preisgeben. Entschlossen greift Marlene in ihre Tasche und schaltet das Handy aus. Sie hat keine Lust, vielleicht plötzlich auf ihrer Entdeckungstour durch Burano wieder einen Anruf von Julia, Sabine oder Gabi zu erhalten. Es ist zu einer Zivilisationskrankheit geworden, überall auf der Welt erreichbar zu sein und damit geortet werden zu können. Marlene empfindet es selbst als störend, wenn Menschen, wo sie gehen und stehen, ein Handy am Ohr haben. Fortschritt hin oder her.

Schließlich erreicht das Schiff die Anlegestelle auf der Insel, wo eine völlig andere Welt als in Venedig die Touristen willkommen heißt. Fröhlich schimmern die kleinen Häuser im Sonnenlicht. So viel Farbenpracht an den Fassaden hat Marlene noch nirgendwo sonst gesehen. Sie reicht vom knalligen Zitronengelb über Hellblau zu Magentarot.

Wie Marlene aus ihrem Reiseführer entnommen hat, wohnen auf Burano etwa fünftausend Einwohner, die zum Teil noch vom Fischfang oder der Fischzucht leben. Die Bedeutung der Spitzenmanufaktur, die die Insel einst berühmt gemacht hat, ist in den Hintergrund getreten. Nach Frauen, die vor ihren Häusern sitzen und stricken oder klöppeln, wie es die Großmutter geschildert hat, hält Marlene vergeblich Ausschau. Leider ist seit Jahren die echte, kostbare Handarbeit der feilgebotenen Ware fernöstlicher Herkunft gewichen. Wenige Geschäfte bieten die ursprüngliche Qualitätsware an. Marlene muss tatsächlich suchen, um ein solches zu finden. Auch wenn sie knapp bei Kasse ist, haben ihre Freundinnen wenigstens eine kleine Originalspitzendecke als Mitbringsel aus Burano verdient.

Als Marlene den kleinen Laden betritt, kann sie vor lauter ausgestellter und von der Decke hängender Kunstwerke kaum ins Innere des Verkaufsraums blicken. Spitzen- und Strickerzeugnisse, wohin das Auge reicht, aber keine anderen Touristen.

Plötzlich dringt eine Stimme aus dem Hintergrund an Marlenes Ohr: „Buongiorno Signora, kann ich helfen?“ Eine Frau mittleren Alters erscheint und lächelt die potenzielle Kundin an. „Suchen Sie etwas Bestimmtes?“ Sie spricht in verständlichem Touristendeutsch, denn sie hat beim Anblick der feschen Besucherin gleich erkannt, woher sie stammt.

„Nicht direkt“, zögert Marlene, denn die Preise an den Deckchen sind höher, als sie gedacht hat. „Ich habe von meiner Großmutter wunderschöne Arbeiten von hier geerbt und möchte einmal sehen, wie sie hergestellt werden.“

Das Lächeln der Buranerin wird breiter, und sie zieht Marlene nach hinten in einen weiteren Raum, wo drei Frauen sitzen, die entweder klöppeln oder stricken. „Wir sind einer der letzten Familienbetriebe hier auf der Insel“, erklärt sie stolz und deutet auf ihre Mitarbeiterinnen, „meine Mutter, meine Tochter und meine Schwiegertochter.“

Die vorgestellten Frauen heben kurz die Köpfe und nicken der deutschen Touristin zum Gruß freundlich zu, um sich gleich wieder konzentriert über ihre Handarbeit zu beugen.

„Schauen Sie ruhig zu, wenn Sie mögen.“

Marlene lässt sich nicht zweimal bitten und blickt den fleißigen Handwerkerinnen über die Schulter. Wie mühsam das Klöppeln aussieht! Da ist der höhere Preis wirklich gerechtfertigt.

Nach einer guten halben Stunde verabschiedet sich Marlene, nicht ohne drei hübsche Spitzendecken und ein Paar gestrickte Babyschuhe zu erstehen, für die ihr die nette Ladeninhaberin einen tollen Preis macht.

Gut gelaunt und fröhlich bummelt Marlene weiter durch die Gassen, in denen sich Tausende Touristen tummeln. Überall laden kleine Straßencafés zum Verweilen ein. Auch Marlene könnte etwas Erfrischendes vertragen, denn die Sonne brennt ganz schön von einem blitzblanken blauen Himmel. Weit und breit kein freier Tisch zu sehen, nicht einmal ein freier Stuhl. Es bleibt ihr nichts anderes übrig, als wenigstens an einem der zahlreichen mobilen Stände ein Eis zu kaufen.

Kaum hat sie das Hörnchen in der Hand, rempelt jemand sie in dem Gedränge an, sodass es ihr aus der Hand auf den Boden plumpst.

„Können Sie nicht aufpassen?“, brüllt sie in Richtung Täter, um sogleich zu erstarren. „Du? Wie kommst du denn hierher?“ Sie kann nicht glauben, wer da vor ihr steht. Hat sie Halluzinationen, weil sie zu wenig Flüssigkeit zu sich genommen hat? Hat sie vielleicht einen ihrer Albträume und ist noch gar nicht daraus erwacht?

„Ich bin genauso überrascht wie du!“, lässt Stephan verlauten.

„Spionierst du mir etwa nach? Weißt du von Julia, Gabi oder Sabine, dass ich nach Venedig gefahren bin?“ In Marlenes Kopf schwirren sämtliche Fragen durcheinander. Die letzte verwirft sie gleich. Es kann nicht sein, dass ihr die Freundinnen Stephan auf den Hals gehetzt haben. Die Reise sollte ja gerade dazu dienen, den Kerl zu vergessen.

„Wollen wir uns nicht irgendwo hinsetzen und in Ruhe reden? Wir verstopfen hier den Durchgang.“ Stephan packt seine Exgeliebte am Arm, um sie die Gasse hinunterzuziehen, die am Ende breiter wird.

„Lass mich sofort los!“, wettert Marlene giftig und schüttelt seine Hand ab. „Zwischen uns gibt es nichts mehr zu reden.“

Da die Leute bereits stehen bleiben, um dem interessanten Wortgeplänkel der beiden zu lauschen, entschließt sich Marlene zähneknirschend, Stephan zu folgen. Zuvor entfernt sie, soweit das mit einem Papiertaschentuch möglich ist, das zermatschte

Eishörnchen vom Boden. Typisch, dass es Stephan gar nicht kratzt, dass andere Leute darauf ausrutschen könnten.

In einiger Entfernung winkt er ihr stattdessen zu und deutet auf einen freien Tisch. Auch das ist kennzeichnend für ihren Ex-Lover. Er bekommt anscheinend immer das, was er will.

Marlene setzt sich mit versteinerter Miene auf den gegenüberliegenden Stuhl. „Was willst du von mir?"

„Erst einmal wissen, was du trinken möchtest." Souverän leitet Stephan sein eigenes Plädoyer ein.

„Ein großes Wasser und einen doppelten Grappa!"

„Grappa? Am helllichten Tag?" Stephan zieht eine seiner ausgeprägten Augenbrauen hoch. „So kenne ich dich ja gar nicht."

„Auf den Schock brauche ich den!" Patzig klingt Marlenes Ton. Der Hauch von gerade neu gewonnener Selbstsicherheit droht in seiner Gegenwart zu schmelzen wie die Kuvertüre im heißen Wasserbad.

Nachdem Stephan die Bestellung aufgegeben hat, greift er nach Marlenes Hand, die ihm sofort entzogen wird. „Bitte erspare mir theatralische Erklärungen, warum du mich derartig verarscht hast."

„Ich bin untröstlich! Ich wollte dich nicht betrügen."

„Pah, aber deine Frau. Das ist für mich genauso verwerflich. Während sie sich mit deinen Kindern abrackert, dir ein gemütliches Heim schafft und abends vor Erschöpfung nicht mehr in der Lage ist, dir deine sexuellen Wünsche zu erfüllen, bin ich naive Kuh eingesprungen."

„Hey, nicht so laut!", zischt Stephan, dem Marlenes Direktheit in der Öffentlichkeit peinlich ist.

„Es können ruhig alle hören, was für ein Mistkerl du bist." Marlene grapscht nach dem Glas mit Grappa, das der Kellner inzwischen auf den Tisch gestellt hat, prostet Stephan sarkastisch zu und schüttet den Inhalt in einem Zug runter. Sie schüttelt sich angewidert, denn unter normalen Umständen würde sie keinen Schnaps oder Likör trinken. Schnell spült sie den brennenden Geschmack mit dem Wasser runter und fängt sich wieder.

„Eines möchte ich wissen. Wieso bist du ausgerechnet jetzt hier?"

„Schon vergessen? Internationaler Juristenkongress. Die Veranstaltungen fangen heute Nachmittag an."

„Keine Ahnung! Woher soll ich wissen, dass du plötzlich Kongresse besuchst?", und zwei Sekunden später, „ach ja, ich vergaß, dass dich ja keine pflegebedürftige Mutter mehr daran hindern kann."

Stephan versucht, den Spott seiner Exgeliebten zu überhören. „Es sollte eine Überraschung zu deinem Geburtstag werden. Ich wollte dich mitnehmen und dir den Aufenthalt in einem der besten Hotels Venedigs schenken."

Sicher wäre bei diesem Gesülze jede Schnecke auf Stephans Schleimspur ausgerutscht.

„Stattdessen hattest du nicht mal eine SMS für mich übrig", stellt Marlene fest.

Während die beiden den verbalen Schlagabtausch fortsetzen, erreicht auch Jan endlich die Insel. Er schlendert im Strom der vielen Touristen durch die Gassen. Spitzendeckchen gehören ganz gewiss nicht zu seinen Vorlieben, und deshalb bleibt er nicht wie viele andere an den Auslagen der Geschäfte stehen. Ein Laden erregt plötzlich seine Aufmerksamkeit. Er bietet Bilder von Burano und Venedig an. Es ist Jans Liebhaberei, von allen Orten, die er bereist, Zeichnungen mit den ortsüblichen Motiven zu erwerben. Sie alle finden ein Plätzchen an den Wänden seiner

Wohnung, ob im Wohnzimmer oder sogar im Bad. Ben hat sie alle kritisch beäugt und mit seiner Meinung nicht hinter dem Berg gehalten, dass einige Bilder sehr gewagte Farbkombinationen hätten, ja geradezu kitschig seien. Jan verwirft deshalb rasch die Idee, Ben ein Bild von Burano mitzubringen. Die bunten Häuser als Motiv würden seinem Geschmack ganz bestimmt nicht entsprechen. Er verlässt das Geschäft und weiß nicht genau, was er überhaupt auf der Insel machen könnte. Natürlich gibt es auch hier Pegelstandsanzeigen der letzten Hochwasser, aber er hat auf einmal keine Lust mehr darauf. In seinen Gedanken hat sich Marlene festgezurrt. Was für ein Pech, dass er am Morgen nicht mit ihr zusammen frühstücken konnte und ihn stattdessen die Pseudo-Kultur-Intellektuellen zugesabbert haben. Er wird den Damen zukünftig aus dem Weg zu gehen wissen. Marlene nach Burano zu folgen entpuppt sich als Schnapsidee. Wie soll er ihr hier in dem Gedränge begegnen? Wahrscheinlich hat sie die Insel längst wieder verlassen. Er entschließt sich, ebenfalls zurück zur Bootshaltestelle zu gehen und vielleicht einen Abstecher nach Murano zu machen. Genug Zeit bleibt bis zum Abend, auf den er sich sehr freut. Er ist in der Tat nie zuvor in seinem Leben von einer Frau zum Essen eingeladen worden, von seiner Mutter einmal abgesehen. Zu Hause bekocht wurde er zwar, aber nicht von einem weiblichen Wesen in ein Restaurant ausgeführt.

Jan biegt in die nächste Gasse ein und traut seinen Augen nicht. Er erkennt Marlene sofort, die an einem Tisch ganz allein sitzt, und beschleunigt freudig seinen Schritt. Kurz bevor er sie erreicht, tritt ein Mann aus dem Café und nimmt ihr gegenüber Platz. Jan bleibt sofort stehen und sucht in einem Geschäftseingang Deckung. Er weiß die Situation nicht einzuschätzen. Hat Marlene einen neuen Luigiverschnitt an der Angel? Ist sie gar nicht so naiv und schutzlos, wie sie sich gestern Abend präsentiert hat? Hat sie Luigi womöglich doch schöne Augen und Hoffnung auf ein Techtelmechtel gemacht? Vorsichtig lugt er von seinem Versteck aus zu den beiden hin. Irgendwie wirken sie vertraut miteinander, und nicht, als hätten sie sich gerade erst kennen gelernt. Aber wer soll dieser Mann sein? Jan ist einen Moment in Versuchung, einfach zu den beiden hinzugehen und zu sagen: „Na, so ein Zufall, darf ich mich setzen?“ Damit könnte er das Rätsel schnell lösen. Aber das wäre albern und plump, obwohl es in einer Stadt wie Venedig nicht unwahrscheinlich ist, Bekannte aus Deutschland zu treffen. Er selbst ist einem ehemaligen Studienkollegen mitten in New York auf dem Times Square über den Weg gelaufen. Vielleicht erzählt Marlene ihm am Abend freiwillig, wem sie begegnet ist. Er verlässt seinen Beobachtungsposten und schnellstens die Insel in Richtung Murano.

⚖ ⚖ ⚖

Marlene möchte jetzt ebenfalls gehen und bittet den Kellner um die Rechnung.

„Lass stecken. Das übernehme ich!“ Stephan hält dem Kellner einen Schein hin.

„Danke, sehr großzügig“, lässt Marlene mit einem scharfzüngigen Unterton verlauten. „Ich wasche mir rasch drinnen die Hände.“ Sie hat nicht die Absicht, die Toilette aufzusuchen. Meistens haben die Cafés und Restaurants einen zusätzlichen Ausgang für Lieferungen. So hofft sie, Stephans weiterer Gesellschaft zu entkommen. Ihre ganze Entspannung, die sie beim Erkunden der Insel gewonnen hatte, ist zum Teufel. Zum Glück gibt es tatsächlich einen Hinterausgang, und Marlene erwischt gerade ein Linienboot, das ohne Zwischenstopp zurück nach Venedig fährt. Im Irrglauben, Stephan abgehängt zu haben, taucht sie in dem unübersichtlichen Gewühl anderer Touristen unter. Geschafft! Wenn sie gedacht hat, ihre Pechsträhne sei zu Ende, hat sie die Begegnung mit Stephan eines Besseren belehrt. War ihr Zusammentreffen wirklich ein Zufall? Oder eher Schicksal? Hat Stephan eine zweite Chance verdient? Er hat beteuert, sich von seiner Frau endgültig getrennt zu haben. Angeblich hat er mit Eva nicht mehr geschlafen, seit er mit Marlene zusammen ist. Alles Gesülze, um sie einzulullen und als Gespielin zurückzuerobern? Würde sie ihm das gerne glauben? Sie kann die Frage nicht ehrlich mit ja beantworten. Ihr Gefühlskarussell beginnt, sich unaufhaltsam zu drehen.

Als sie am Markusplatz aussteigt, bemerkt sie nicht, dass Stephan die Verfolgung aufnimmt, um zu ergründen, in welchem Hotel sie wohnt. Es ist ihm geglückt, als letzter Passagier aufs Boot zu springen.

Kapitel 13

Ben rollt sein Handtuch zusammen. „Verdammter Idiot!", beschimpft er sich selbst. „Wie konnte ich so bescheuert sein und Jans Identität preisgeben? Julia hätte mich sonst fast geküsst. Aber wie hätte ich ahnen können, dass die Frau Apothekerin seinen Namen googelt?"

Ohne Eile schiebt er das Fahrrad zurück auf die Straße. So schnell möchte er Julia nicht mehr unter die Augen treten. Alles hat er verbockt, aber wirklich alles.

Als Ben sich der Haarnadelkurve nähert, entdeckt er schon von Weitem das Rad von Julia neben dem Straßenrand. Verwundert hält er an und steigt ab, aber von ihr ist nichts zu sehen. Ein Blick über die Böschung bringt Aufklärung. Julia liegt reglos einige Meter entfernt. Ben stolpert ohne nachzudenken den Abhang hinunter, fällt auf die Knie und tätschelt ihre Wange. „Hey, was ist los mit dir? Mach die Augen auf!" In seiner Stimme schwingt ehrliche Angst mit. Ihr Puls ist spürbar. Gott sei Dank! Ihre Arme haben einige Kratzer abbekommen, aus denen ein wenig Blut rinnt. Wie ging das noch mal mit den lebensrettenden Maßnahmen? Obwohl er etliche Kurse besucht hat, ist Ben wie gelähmt. Er hat alles vergessen. Stabile Seitenlage? Herzmassage? Mund-zu-Mund-Beatmung? Alle Gedanken vermischen sich in seinem Kopf zu Brei. Er entscheidet sich für die Mund-zu-Mund-Beatmung und beugt sich tief über Julias Gesicht, um ihr seinen Atem einzuhauchen.

„Spinnst du?" Julia reißt die Augen weit auf und ist plötzlich hellwach.

„Was heißt hier spinnen? Du warst ohnmächtig, und ich

wollte dich wieder zum Leben erwecken. Du hast mir einen schönen Schrecken eingejagt."

„Hab ich das?"

„Ja. Glaub es oder lass es bleiben!"

„Okay, danke, dass du mir helfen wolltest", lenkt Julia ein und verzieht vor Schmerzen das Gesicht, als sie aufstehen will. „Ich habe mir wohl das linke Bein verstaucht."

„Na, hoffentlich ist es nicht gebrochen." Ben krempelt das Hosenbein der Verunglückten etwas hoch, um nachzusehen. Nichts deutet direkt auf einen Bruch hin.

„Schwer zu sagen, was mit deinem Bein passiert ist. Kannst du aufstehen?"

Julia bringt ein Nicken zustande, woraufhin Ben ihr die Hand reicht. Gestützt auf seine starken Schultern, hüpft sie dann auf dem gesunden Bein zur Straße hinauf.

„Soll ich Hilfe holen, oder kannst du auf meinem Gepäckträger mit hinunterfahren?"

Julia bejaht. Das schafft sie. Stöhnend setzt sie sich hinter Ben auf sein Rad. Trotz der Schmerzen genießt sie es, seinen Körper zu umarmen und seine Sixpacks zu berühren. Möge die Fahrt ins Tal nicht so schnell enden!

Die Bäuerin schlägt entsetzt die Hände über ihrem Kopf zusammen, als sie Julias Abschürfungen sieht und von dem Unfall hört. „Mei, das tut mir aber leid. Die Kette ist abgesprungen?"

Ben bestätigt. „Ich glaube, Sie sollten die alten Dinger aus dem Verkehr ziehen. Das hätte für meine Freundin böse enden können."

Hat Julia gerade richtig gehört? Ben hat von ihr als seine Freundin gesprochen? Die Schmerzen werden plötzlich von einem aufsteigenden wohligen Magenkribbeln übertüncht. Sie genießt Bens Fürsorge, der sie hinauf ins Zimmer trägt und aufs Bett legt. „Und du bist sicher, dass der Bauer uns nicht ins Krankenhaus nach Innsbruck fahren soll? Dein Bein könnte sicherheitshalber geröntgt werden. Vielleicht ist es doch gebrochen? Ich bin schließlich kein Fachmann."

„Nein, ich glaube nicht. Es ist eine böse Stauchung."

„Die Bäuerin wird gleich kommen und dein Bein mit Salbe und einem Verband versorgen. Sie fühlt sich schuldig an dem Unfall."

„Sie kann ja nichts für die kaputte Kette. "

„Kann ich denn etwas für dich tun?", fragt Ben.

„Bitte kümmere du dich um den Mechaniker. Er wird bald erscheinen, um den Käfer zu begutachten."

„Mach ich!" Ben will den Raum verlassen.

„Halt! Bitte gib mir meine Handtasche da hinten vom Stuhl!"

Ben tut wie ihm geheißen und verlässt das Zimmer.

Julia nimmt ihr Handy aus der Tasche. Sie hat Sabine und Gabi sträflich vernachlässigt und seit ihrer Abfahrt keine Meldung mehr gemacht. Sicher warten die beiden ungeduldig darauf, dass sie über ihre Ankunft in Venedig berichtet. Nach dem eingegebenen Pin-Code summt das Handy sofort zum Zeichen eingegangener SMS. Fünf stammen von Sabine und Gabi und eine von Marlene. Endlich! Die von Marlene öffnet Julia zuerst und liest:

Seid ehrlich, habt ihr mir Stephan
geschickt? Er ist hier.
Gruß Marlene

Julia kann nicht glauben, was die Freundin geschrieben hat. Die Katastrophe scheint perfekt. Wie kommt der Kerl nach

Venedig, und woher weiß er, dass Marlene dort ist? Niemand vom Kleeblatt hatte Kontakt zu ihm seit jenem verhängnisvollen Tag im Gericht. Die Freundin wird sich hoffentlich nicht erneut auf den Windhund Stephan einlassen? Handelt es sich bei ihm womöglich um den Luigibezwinger? Und was zum Teufel ist mit Jan Hansen? Julia öffnet die nächsten SMS von Sabine und Gabi, die die Nachricht von Marlene ebenfalls erhalten haben. Julia soll sofort bei ihnen anrufen. Telefon-Krisen-Konferenz ist angesagt.

Marlene hatte die SMS ihrem ursprünglichen Vorsatz zum Trotz an die Freundinnen geschickt, kurz, nachdem sie in der Pension *Canal Grande* eingetroffen war. Obwohl sie nicht wirklich daran glaubt, möchte sie sichergehen, dass das Kleeblatt nichts mit Stephans plötzlichem Auftauchen zu tun hat.

Erschöpft von den Ereignissen, sucht Marlene Entspannung unter der Dusche, als könne das Wasser ihre wirren Gedanken einfach klarspülen. Diesmal stellt sich die erhoffte Wirkung nicht ein. Das Wiedersehen mit Stephan hat ihrer Vorfreude auf den Abend mit Jan einen mächtigen Dämpfer verpasst. Gerade war sie dabei, sich ein wenig zu regenerieren und die Reise zu genießen. Ihr scheint nichts vergönnt. Widerwillig bedient ihre Hand den Hebel zum Ausschalten des Wassers. Am liebsten würde Marlene den geschützten Raum unter der Dusche nicht mehr verlassen. Kaum öffnet sie den Kleiderschrank, um etwas Passendes für den Abend mit Jan herauszusuchen, klopft es an der Zimmertür.

„Frau Graf? Hier ist Frau Bertani. Es wurde etwas für Sie abgegeben.“

„Moment! Komme gleich!“ Marlene wickelt sich umständlich das große Handtuch um den Körper und öffnet die Tür.

Frau Bertani strahlt über alle Wangen und streckt ihr einen riesigen Rosenstrauß entgegen. „Der wurde eben von einem Mann für Sie abgegeben."

„Danke Ihnen!", murmelt Marlene verblüfft und schließt die Tür. Der Blumenstrauß erinnert sie direkt an den schrecklichen Tag im Gericht. Sie liest die Karte, die an einer Rose befestigt ist.

Habe ich nicht eine zweite Chance
verdient? Erwarte dich im Hotel Villa
Medici um 20 Uhr auf der Terrasse.
Dein Stephan!

Woher kennt er ihre Pension? Sie hat ihm ihren Aufenthaltsort mit keiner Silbe verraten. Allmählich drängt sich ihr erneut der Verdacht auf, dass ihre Freundinnen damit zu tun haben. Vielleicht haben sie mit Stephan gesprochen und festgestellt, dass er es ehrlich meint, und wollen jetzt Amor spielen. Wenn sie Gewissheit haben will, kann nur ein Anruf helfen. Marlene versucht es zuerst vergeblich bei Julia, deren Mailbox antwortet. Bei Sabine ist besetzt.

Endlich meldet sich Gabis Stimme: „Hallo?"

„Ich bin´s, Marlene."

Gabi möchte vor Schreck in den Hörer beißen. Dass Marlene ausgerechnet bei ihr anruft! Sie war den ganzen Tag mit der Etikettierung neuer Ware für ihre Boutique beschäftigt und weiß nicht einmal, ob Julia in Venedig eingetroffen ist oder nicht. Gabi säuselt daher vorsichtig in die Muschel:

„Hi, meine Süße! Schön, dass du dich meldest. Was geht ab in Venedig?"

„Das will ich von dir wissen."

„Von mir?"

„Ja, von dir. Hast du meine SMS von vorhin nicht bekommen?“

„Hab ich, aber ich bin gerade erst zur Tür rein und hatte bisher keine Zeit zu reagieren.“

„Aha.“ Die Gesprächigste ist Marlene nicht. Ihr Ton hört sich gefährlich kühl an.

Gabi bleibt auf der Hut: „Natürlich haben wir dir Stephan nicht auf den Hals geschickt. Was denkst du von uns? Wir haben dir die Reise geschenkt, damit du ihn vergisst.“

„Du hast recht. Entschuldige! Ich weiß nicht, was mit mir los ist.“

„Kein Problem. Aber erzähl, was macht der Typ in Venedig? Wie hat er dich aufgespürt? Es weiß niemand außer uns, wo du bist.“ Gabi beißt sich wegen der kleinen Notlüge auf die Lippen. Allerdings erscheint es unwahrscheinlich, dass der geschenkte Mann Kai beziehungsweise sein Ersatz oder Frau Röhrig irgendeine Verbindung zu Stephan haben.

Marlene erzählt mit wenigen Sätzen alles Wesentliche ihrer Begegnung und verschweigt nicht, dass Stephan sie zum Abendessen eingeladen hat. „Was rätst du mir? Soll ich hingehen?“

Gabis Antwort kann Marlene nicht mehr hören, denn der Akku ihres Handys ist plötzlich leer. Vergeblich fahndet sie nach dem Ladegerät in ihrem Koffer. Sie bildet sich ein, es zu Hause beim Packen in die Seitentasche des Koffers gesteckt zu haben. Nun ist sie mit ihrer Entscheidung allein auf sich gestellt. Würde Stephan ihr Rosen schicken, wenn er es nicht ernst meinte? Er muss alle Möglichkeiten, die einem Staatsanwalt zur Ermittlung zur Verfügung stehen, ausgeschöpft haben, um sie zu finden. Das schmeichelt ihrer gebeutelten Seele. Marlene ahnt ja nicht, dass Stephan ihr einfach nachgegangen und sein Aufenthalt in

Venedig tatsächlich Zufall ist. Aber was ist mit Jan? Kann sie ihn einfach sitzen lassen oder auf den nächsten Tag vertrösten? Vielleicht ist der heutige Abend die einzige Möglichkeit, sich für die Rettung erkenntlich zu zeigen, weil er morgen abreist. Sie weiß nichts über diesen Mann, dessen Nähe ihr sofort ein Gefühl der Geborgenheit gegeben hat. Gerne möchte sie mehr über ihn erfahren. Die Einladung zum Essen ist daher keine Verpflichtung, sondern wäre ein schöner Abschluss des Tages. Auf der anderen Seite lockt das Angebot von Stephan, endlich Klarheit hinsichtlich seines Doppelspiels zu erhalten. Entweder ist sie danach in der Lage, endgültig mit ihm abzuschließen, oder ihm wider Erwarten zu verzeihen. Soll sie ihre Entscheidung nach dem Verstand oder nach dem Herzen treffen? Niemand außer ihr selbst kann die Frage beantworten.

Kapitel 14

„Ich habe leider keine guten Nachrichten. Der Mechaniker muss einen neuen Vergaser für den Käfer bestellen, der frühestens übermorgen eintrifft." Ben setzt scheinheilig eine zerknirschte Miene auf. Der Gedanke an einen weiteren Tag mit Julia allein in den Bergen ist ihm alles andere als unangenehm. Außerdem warten in der Lagunenstadt nur Probleme, die so die Chance haben, sich vielleicht selbst aufzulösen.

„Auch das noch! Eine Katastrophe jagt die nächste!", seufzt Julia.

„Wovon sprichst du?"

„Hilf mir bitte erst einmal auf! Meine Wunden hat die Bäuerin in der Zwischenzeit versorgt, und ich möchte mir was Frisches anziehen, und dann erzähle ich dir, was alles in Venedig passiert ist."

Wenig später trägt Ben Julia die Stiegen hinunter ins Freie. Dank einer Schmerztablette kann sie das Abendessen draußen einnehmen. Die letzten Sonnenstrahlen, die hinter dem Berg hervorlugen, fallen auf den Tisch, der reich gedeckt ist. Die Bäuerin hat eine Pfanne mit gebratenen Kartoffeln, Röstzwiebeln und klein geschnittenen Würstchen zubereitet. Zusätzlich gibt es eine Käse- und Speckplatte mit selbst gebackenem Brot und hausgemachter Butter. Ein Spezi für Ben und ein Almdudler für Julia runden das Gaumenvergnügen ab.

Die Bäuerin zieht sich diskret ins Haus zurück. Sie hofft, die beiden Gäste mit dem Essen gnädig zu stimmen. Nicht auszudenken, wenn sie sich im Tourismusbüro wegen der maroden Fahrräder beschweren. Dann wäre die Konzession für die Zimmervermietung in Gefahr, und diesen zusätzlichen Verdienst benötigt die Bauernfamilie dringend zum Überleben.

Ben und Julia lassen es sich nach dem ereignisreichen Tag schmecken. Sie haben ganz andere Probleme.

Nach einer Weile unterbricht Julia das Schweigen: „Willst du gar nicht wissen, was in Venedig alles los ist?“

„Natürlich!“, kommt es von Ben eher zögerlich zurück. In Wahrheit mag er nicht erfahren, ob Jan seine Aufgabe gelöst hat oder nicht. Was spielt das jetzt für eine Rolle? Alles ist aus dem Ruder gelaufen, und weder Julia noch er können im Moment daran etwas ändern. Umso mehr überrascht es ihn, dass nicht Jan das Thema ist, sondern das Auftauchen von Marlenes Ex-Lover.

Es ist offensichtlich, dass Julia Stephan nicht leiden kann. Er allein trägt in ihren Augen die Verantwortung dafür, dass Marlene ihren Job verloren und großen Kummer hat. Nur wegen dieses Mistkerls sind die Freundinnen auf die Idee gekommen, die Dienste der Agentur in Anspruch zu nehmen. Alles für die Katz, und Julia befürchtet, durch die ganze verrückte Aktion die Freundschaft zu Marlene zu verlieren. Das könnte sie nicht ertragen.

„In der Beziehung kann ich dich sehr gut verstehen. Auch ich habe Angst, dass Jan mich nicht mehr anschaut. Ich habe keinen Schimmer, wie ich mein Fehlverhalten wiedergutmachen kann.“

„Du siehst ein, dass du totalen Mist gebaut hast?“ Julia verschluckt sich fast an ihrem Brot.

„Du glaubst mir das natürlich nicht! Ich kann das sogar nachvollziehen. Für dich sieht es so aus, als hätte ich allein die Vertragsstrafe im Kopf gehabt, als ich Jan ins Chaos schickte. Vielleicht war das zunächst tatsächlich der Grund. Es tut mir leid. Wenn ich es rückgängig machen könnte, würde ich es tun.“

Julia seufzt: „Mir geht es ähnlich! Ich habe keine Ahnung, wie ich Marlene je wieder unter die Augen treten kann.“

„Wissen Sabine und Gabi inzwischen Bescheid?“

„Ja, ich habe mit den beiden telefoniert, als du mit dem Mechaniker zugange warst. Sie halten die Daumen, dass alles ein gutes Ende findet.“

Zum ersten Mal, seit Julia und Ben aufeinandergetroffen sind, streiten sie nicht.

⚖ ⚖ ⚖

Fröhlich vor sich hin pfeifend präpariert Jan sein Outfit für das bevorstehende Abendessen mit Marlene. Vor dem toskanisch anmutenden Spiegel im Badezimmer bringt er seinen neuen Haarschnitt in Form und rasiert sich sorgfältig. Anschließend betupft er seine Wangen mit Duftwässerchen. Sogar bei seinem neuen blütenweißen Hemd vergisst er diesmal nicht, das Preisschild abzuschneiden. Ben wäre zufrieden mit ihm. Er nimmt sich fest vor, mit Marlene entspannt zu plaudern und sie nicht mit wissenschaftlichen Themen zu langweilen.

Ein Blick auf die Armbanduhr zeigt, dass es Zeit zum Aufbruch ist. Soll Jan an Marlenes Zimmertür klopfen und sie abholen? Nein, es ist viel höflicher, unten im Foyer auf sie zu warten. Heute darf er nichts falsch machen. Schließlich geht es um mehr als die Erfüllung seiner Mission. Sein eigenes Interesse an Marlene hat nicht darunter gelitten, sie heute auf Burano mit einem anderen Mann entdeckt zu haben. Schließlich handelte es sich bei diesem Exemplar um ein anderes Kaliber als bei Luigi. Marlene ist eine äußerst attraktive Frau, und es ist verständlich, dass Männer von ihr angezogen werden wie die Motten vom Licht.

„Guten Abend, Herr Hansen!“, begrüßt Frau Bertani ihren Gast freundlich, als er an der Rezeption vorbeikommt, um anschließend in freudiger Erwartung auf dem gegenüberliegenden Sofa Platz zu nehmen. Lässig kreuzt er die Beine übereinander und behält die Treppe im Blick.

Neugierig setzt die Pensionschefin nach: „Warten Sie auf jemanden?“

Jan hat keine Ahnung, dass Frau Bertani am Morgen einen Blick auf den Zettel von Marlene geworfen hat und deshalb genau weiß, dass die beiden zum Essen verabredet sind. Dummerweise hat sie eben im Hinterzimmer telefoniert und deshalb nicht bemerkt, dass Marlene vor einigen Minuten das Haus verlassen hat.

„Ja, ich warte auf Marlene Graf!“, gibt Jan offen zu. Am liebsten würde er der guten Frau sagen, dass er das bevorstehende Date dem Aushilfscasanova Luigi und seinem unmöglichen Verhalten zu verdanken hat. Aber es wäre allein Marlenes Angelegenheit, sich bei Frau Bertani zu beschweren.

Einige Gäste erscheinen, um den Abend außer Haus zu verbringen. Manche tragen festliche Kleidung, andere bevorzugen lässige Jeans. Von Marlene keine Spur.

Um halb neun wechselt Jans Gesichtsausdruck von entspannt zu angespannt. Er springt vom Sofa auf, um die Etagen hinauf – zwei Stufen auf einmal nehmend – zu Marlenes Zimmer zu hechten.

Mit erhöhter Herzfrequenz klopft er zaghaft an ihre Tür, erhält jedoch keine Antwort. Ein lautes Hämmern bringt ebenfalls keinen Erfolg. Jan hat keine Vorstellung, was zu tun ist. Soll er Frau Bertani bitten, das Zimmer zu öffnen, um sich zu vergewissern, dass Marlene nichts passiert ist? Aber wie steht er da, wenn das Zimmer leer ist und sie ihn nur versetzt hat?

Vielleicht steckt der neue geheimnisvolle Begleiter von Burano dahinter.

Enttäuscht begibt sich Jan zwei Türen weiter in seine Behausung und setzt sich lustlos auf den Balkon. Selbst die traumhafte Aussicht und das laue Lüftchen sind nicht in der Lage, seine schlechte Laune wegzublasen.

Marlene erntet wohlwollende Männerblicke, als sie in ihrem mintfarbenen Seidenkleid die Dachterrasse des Luxushotels betritt, wo Stephan sie zum Abendessen eingeladen hat. Die Unverbesserliche hat wie so oft ihrem Bauchgefühl nachgegeben und ihren Verstand in die Wüste geschickt. Die Versuchung ist zu groß, herauszufinden, ob Stephan es diesmal ehrlich meint und seine Worte von heute Nachmittag nicht nur Schall und Rauch waren. Sie hat Frau Bertani erneut einen Zettel für Jan hinter den Tresen der Rezeption gelegt, nicht ahnend, dass dieser kurze Zeit später von der Abendzeitung verdeckt wird, die ein Junge wie jeden Tag vorbeibringt. Deshalb erfährt Jan den Grund für Marlenes Fernbleiben zunächst nicht, die ihn in zwei Zeilen um Verständnis bittet, das Date auf morgen verschieben zu müssen.

Der Oberkellner geleitet Marlene persönlich zu dem Tisch, an dem Stephan bereits sitzt und wartet. Es herrscht eine romantische Stimmung auf der Terrasse. Überall Kerzen und Fackeln, ein klarer Sternenhimmel mit Mondsichel und eine traumhafte Aussicht auf die beleuchtete Stadt lassen auf einen besonderen Abend hoffen.

Stephan begrüßt Marlene mit Küsschen links und rechts auf die Wangen und übernimmt es selbst, ihr den Stuhl zurechtzurücken.

„Schön, dass du gekommen bist! Diesmal sogar pünktlich!“, eröffnet er seine Charmeoffensive, auf die er immer vertraut. Welche Frau kann roten Rosen und einem romantischen Dinner widerstehen? Auch wenn Marlene heute auf Burano vor ihm weggelaufen ist, war er sich sicher, dass sie seiner Einladung folgen würde.

„Ich bin lediglich hier, um zu hören, ob du wirklich Schluss mit deiner Frau gemacht hast. Warum hast du sie und mich die ganze Zeit belogen?“

Stephan hat nicht damit gerechnet, dass die romantische Atmosphäre nicht sofort die richtige Wirkung auf Marlene zu haben scheint. Er versucht, Zeit zu gewinnen: „Lass uns erst einmal das Essen aussuchen und den Wein bestellen, und dann kannst du in Ruhe alle Fragen stellen, die dir unter den Nägeln brennen. Ich stehe dir für ein Verhör uneingeschränkt zur Verfügung.“

Bei seinen schwülstigen Worten fragt sich Marlene, wieso ihr nicht früher aufgefallen ist, dass er bei seiner Wortwahl keinen Unterschied zwischen Beruf und Privatleben macht. Sein Gesülze hört sich oberflächlich und einstudiert an, als würde er aus einer Akte zitieren. Vor ihrem inneren Auge verdrängt plötzlich das kettenrasselnde Gespenst aus ihrem Albtraum den Mann, den sie glaubte, über alles zu lieben und zu begehren. Hätte sie nur nicht ihrem Bauchgefühl nachgegeben! Wie wäre wohl der Abend mit Jan geworden?

Da der Ober gerade erscheint, um die Bestellung aufzunehmen, schiebt sie ihre Überlegungen erst einmal beiseite.

Wie immer sucht Stephan selbstverständlich den Wein aus und ordert zweimal das fünfgängige Menü mit Austern, ohne Marlene den Hauch einer Chance zu lassen, etwas anderes zu wählen.

Plötzlich ist ihr dieses selbstherrliche, bestimmende Verhalten zuwider. Als sich der Kellner entfernt, macht sie ihrem Ärger Luft.

„Kannst du mich bitte selbst etwas aussuchen lassen? Vielleicht kannst du dich erinnern, dass ich keine Austern mag."

„Austern sind das Beste und Teuerste auf der Karte! Ich möchte dir etwas Besonderes bieten, um dir zu zeigen, dass mir mein Verhalten leidtut."

„Nur weil etwas teuer ist, heißt es nicht, dass du mir damit automatisch eine Freude bereitest. Wenn du mich und meine Bedürfnisse je wahrgenommen hättest, wüsstest du, dass ich Austern verabscheue. Hast du vergessen, dass ich einen schrecklichen Ausschlag von den Dingern kriege?"

Stephan ist sprachlos, was wirklich Seltenheitswert hat. Wo ist die Marlene geblieben, die wie Wachs in seinen Händen dahinschmolz, wenn er sie mit seinen stahlblauen Augen nur ansah? Hier sitzt ihm stattdessen eine selbstbewusste Frau gegenüber, die seinen zweifelhaften Charme ignoriert.

„Anscheinend mache ich alles falsch. Es tut mir leid!"

„Hör einfach auf mit dem *Es-tut-mir-leid-Gehabe!* Das, was du mir angetan hast, lässt sich nicht mehr wegwischen. Weißt du überhaupt, dass ich wegen dir meinen heiß geliebten Job verloren habe?"

Stephan nickt mit ehrlichem Bedauern: „Klar! Brand hat dich schnell durch einen geistigen Dünnbrettbohrer ersetzt. Alle wünschen dich zurück. Schade, dass ihr Frauen berufliche und private Dinge nicht trennen könnt wie wir Männer. Dann hättest du deinen Job noch. Es bleibt zu hoffen, dass Brand keine Schadensersatzansprüche gegen dich geltend macht."

Stephan nimmt sein Glas mit Rotwein in die Hand, den der Kellner inzwischen gebracht hat, und prostet Marlene zu.

„Trinken wir auf einen Neuanfang."

Marlene hört Stephans Monolog entgeistert zu. Spinnt dieser Mann? Geht über alles mit einem Staubwedel hinweg, und sauber ist sein Gewissen. Bevor sie weiter darüber nachdenken kann, auf was sie mit Stephan anstoßen will, stürmt eine Frau an ihren Tisch, reißt Stephan das Glas aus der Hand und schüttet ihm den Inhalt wütend über sein Hemd.

„Du Dreckskerl! Ich habe extra die Kinder zu meiner Mutter gebracht und bin in den nächsten Flieger gestiegen, um mich bei dir für meine falschen Verdächtigungen und den Rausschmiss zu entschuldigen. Und was machst du? Feierst in dem Luxusschuppen hier mit deinem Flittchen deine neue Freiheit. Von wegen Juristenkongress!"

Stephan springt wie von der Tarantel gestochen vom Stuhl auf und versucht, den Rotweinschaden auf seinem Hemd mit einer Serviette zu begrenzen.

Marlene bricht in schallendes Gelächter aus. Zu grotesk ist die peinliche Situation.

Die anderen Gäste haben sich zum Teil in Position gebracht, um das Drama besser mitverfolgen zu können. Selbst die Bediensteten unterbrechen ihre Tätigkeit. So einen spektakulären Auftritt hat dieses Traditionshaus in seiner langen Geschichte noch nie erlebt.

Stephan schaut Marlene böse an und zischt zu ihr rüber: „Sag ihr schon, dass du nicht meine Geliebte bist!"

Eva giftet erwartungsvoll in ihre Richtung.

„Ja, es stimmt, ich bin nicht seine Geliebte. Ich bin sein Exflittchen!" Ganz ruhig und betont kommen Marlene die Worte über die Lippen, während sie aufsteht. „Schönen Abend noch!"

Als sie außer Sichtweite der Terrasse ist, flüchtet sie aus dem Hotel mit Lichtgeschwindigkeit, wie damals aus dem

Gerichtsgebäude. An eine Hauswand gelehnt, muss Marlene erst einmal ihre Herzrhythmusstörungen in den Griff bekommen. Ihr gespieltes Selbstbewusstsein auf der Terrasse schmilzt in Sekundenschnelle dahin wie ein Schneemann in der Märzsonne. Tränen laufen über ihr Gesicht und hinterlassen ein Kunstwerk aus zerflossenen Kajalspuren. Es sind Tränen der Wut über einen Mann, der naive Frauen wie Eva und sie mit seinem fragwürdigen Charme zu umgarnen und auszunutzen weiß. Nicht er hat seine Ehe für Marlene beendet, sondern Eva hat ihn vor die Tür gesetzt. Er kann das Lügen nicht lassen. Hoffentlich kapiert Eva, dass Stephan sie immer wieder hintergehen wird.

Kapitel 15

Ben trägt Julia nach oben ins Gästezimmer, nachdem es draußen zu kühl geworden ist. Unter ihren beobachtenden Blicken packt er seine Tasche, um das Nachtlager in der Scheune zu beziehen.

„Brauchst du mich noch? Ansonsten wünsche ich dir gute Besserung und eine angenehme Nacht." Ben öffnet bereits die Tür, um zu gehen.

„Bleib!" Mehr bringt Julia nicht über die Lippen, aber das eine Wort reicht, damit Ben seine Tasche fallen lässt und seine Arme um sie schlingt. „Bist du dir im Klaren darüber, dass du einem Gigolo Asyl gewährst?"

„Ach, halt die Klappe und küss mich endlich!", verlangt Julia und presst ihre Lippen auf seine, die sich samtweich anfühlen.

Sie ertrinken in einem leidenschaftlichen Kuss, reißen sich gegenseitig die Kleider vom Leib und versinken im Bauernbett. Vergessen ist Julias Prellung. Sie spürt ihr Bein gar nicht mehr.

Als ihre erhitzten Körper sich endlich voneinander lösen und eine Erholungspause benötigen, kann Ben es nicht lassen, Julia wieder zu necken: „Hast du dir das so mit einem *Mann für alle Fälle* vorgestellt?"

Die Gefragte kuschelt sich ganz eng an ihn und seufzt: „Nein, so schön nicht." Dann wird sie ernst. „Gab es in deinem Leben auch mal etwas anderes als den Agenturjob?"

Ben spürt, dass jetzt der Moment ist, Julia einige Dinge aus seinem Leben zu erzählen, denn er hat sich wider Erwarten in sie verliebt.

„Hm ..., du wirst bestimmt gleich bereuen, mich heute

begleitet zu haben.“

„So schlimm?“

„Na, jedenfalls bin ich nicht der, für den du mich hältst!“

„Okay, du hast mir inzwischen hundert Mal erklärt, dass du nicht als Gigolo arbeitest, sondern Damen lediglich Gesellschaft leistest.“

Ben nickt: „Aber ich mache das erst seit kurzer Zeit und habe nicht die Erfahrung, die Frau Röhrig dir vorgegaukelt hat. Sie hat einzig und allein an das lukrative Geschäft mit euch gedacht. “

„Folglich ist sie die wahre Betrügerin?“

„Ich will meine Mitschuld an dem ganzen Desaster nicht schmälern. Ich hätte nur nein sagen müssen.“

„Aber du brauchtest dringend das Geld und wolltest deinen Job nicht aufs Spiel setzen“, zieht Julia die richtige Schlussfolgerung.

„Ja, ich muss die Monate finanziell überbrücken, bis das neue Schuljahr im Herbst anfängt.“

„Bist du Hausmeister?“ Julia reißt ungläubig die Augen auf, während sie sich wieder an Bens muskulöse Brust schmiegt.

„Nein, kein Hausmeister. Sport- und Biolehrer“, gesteht Ben, „ich war zuletzt drei Jahre an der Deutschen Schule in Kapstadt.“

„Warum bist du zurückgekommen?“

„Um dir zu begegnen!“ Ben streichelt Julia über dem Kopf.

„Rede keinen Quatsch, aber wenn du mir den Grund nicht nennen willst, ist das okay. Wir müssen uns heute Nacht nicht jedes Lebensgeheimnis beichten.“

Ben möchte sich jedoch plötzlich alles von der Seele reden und berichtet von seiner Liebe zu Vera, wegen der er mit nach Südafrika ausgewandert ist. Sie ist die Tochter des Direktors der Deutschen Schule dort und auch Lehrerin. Am Anfang hatten sie eine tolle Zeit. An den Wochenenden und in den Ferien machten sie viele Ausflüge durchs Land, mal war es eine Safari durch den Krüger Nationalpark, mal sind sie mit einem Jeep die Gardenroute entlanggefahren. Sie besuchten eine Straußenfarm, probierten die leckeren Weine auf einem der zahlreichen Weingüter oder sonnten sich am langen Strand von Durban am Indischen Ozean. Julia lauscht Bens Erzählungen, ohne ihn ein einziges Mal zu unterbrechen.

„Irgendwann hatte Vera plötzlich keine Lust mehr zu gemeinsamen Unternehmungen. Sie täuschte Arbeit vor oder Unpässlichkeit. Ich habe die Zeichen nicht gedeutet, dass in unserer Beziehung länger nichts mehr stimmte. Eines Tages kam ich einen Tag früher von einem Fortbildungsseminar aus Johannesburg zurück, an dem Vera nicht hatte teilnehmen wollen. Ich erwischte sie mit unserem neuen Kollegen im Bett, der einige Wochen zuvor aus Deutschland zur Verstärkung an unsere Schule gekommen war."

Den Rest braucht Ben nicht mehr zu erklären. Er packte seinen Koffer und flog Hals über Kopf zurück nach München. Ein Freund überließ ihm vorübergehend seine Wohnung, und Frau Röhrig gab ihm den Job.

Julia kichert: „Dann bin ich beruhigt, dass die Behausung nicht dir gehört."

„Wieso?", neckt Ben, „gefällt dir die Einrichtung Marke *Venusfalle* etwa nicht?"

Julia antwortet mit einer neuen Kussattacke, die in dieser Nacht nicht die einzige bleiben wird.

⚖ ⚖ ⚖

Marlene wirft ihre Handtasche aufs Bett und reinigt anschließend im Bad das Gesicht von den zerlaufenen

Kajalspuren. Nie wieder wird sie wegen Stephan eine Träne vergießen. Nie wieder wird sie ihm auf den Leim gehen.

Unweigerlich denkt sie an Jan. Wie er wohl auf ihre Nachricht reagiert hat? Nicht nur ihr schlechtes Gewissen regt sich, sondern der Wunsch, in diesem Augenblick von ihm beschützt zu werden. Kein Wunder, dass sich die Protagonistinnen in Filmen immer in ihre Helden und Retter verlieben.

Nachdenklich öffnet Marlene die Tür zum Balkon und blickt in den Sternenhimmel. Die Turmuhr gegenüber schlägt zehn Mal. Im Süden fängt das Nachtleben um diese Zeit gerade erst an.

Ihr Magen verspürt Hunger und ihre Kehle Durst, da das Essen mit Stephan ins Wasser gefallen ist. Kann sie es wagen, allein in die Pizzeria zu gehen, die ihr Frau Bertani gestern empfohlen hat? Vielleicht wird diese ebenfalls von jemandem aus Luigis Sippschaft bewirtschaftet. Soll sie es trotzdem riskieren? Sie beugt sich über das Balkongeländer, um einen Blick nach unten auf die Gasse zu erhaschen, aber das schräge Dach versperrt ihr die Sicht. Als Marlene sich aufrichtet, entdeckt sie auf dem übernächsten Balkon ihre versetzte Verabredung, von der nur der Rücken zu sehen ist.

„Hallo!“, nimmt sie allen Mut zusammen und ruft in Jans Richtung.

Im Zeitlupentempo dreht sich Jan nach der Stimme um, die er so lange vermisst hat.

„Na, Gott sei Dank, da sind Sie ja. Ist alles okay mit Ihnen, oder hat Luigi Sie wieder belagert?“

Marlene weiß nicht, was sie sagen soll. Sie versetzt den armen Mann, und er sorgt sich um sie. Das kann nur bedeuten, dass er den Zettel nicht erhalten hat. „Nein, mit mir ist alles in Ordnung.“

„Da bin ich aber froh!“, klingen Jans Worte ehrlich erleichtert.

Marlene möchte plötzlich nur noch eines, in seiner Nähe sein.

„Es tut mir leid, dass ich unsere Verabredung nicht eingehalten habe. Wollen wir jetzt noch essen gehen? Dann erkläre ich Ihnen alles."

„Ja gerne, ich habe einen Bärenhunger!"

Fünf Minuten später beratschlagen die beiden auf der Straße, wo sie zum Essen hingehen können, nicht ohne sich vergewissert zu haben, dass sie diesmal beide den Zimmer- und Hausschlüssel mitgenommen haben.

„Frau Bertani hat mir die Pizzeria Fontana empfohlen, die gleich zwei Gassen weiter sein soll", schlägt Marlene vor.

„Der Name kommt mir bekannt vor. Vielleicht bin ich gestern daran vorbeigelaufen", vermutet Jan.

„Hoffentlich gehört sie nicht einem von Luigis Verwandten."

„Ich bin doch bei Ihnen", meint Jan verschmitzt. Er wundert sich über seine plötzlichen Flirtversuche.

„Dann kann ja nichts schiefgehen." Marlene hakt sich bei Jan wie selbstverständlich unter.

Das Restaurant ist überfüllt, kein freier Tisch ist zu entdecken. Die beiden wollen den Rückzug antreten, als eine vor Begeisterung kreischende Stimme sie davon abhält.

„Halt, stehen geblieben!" Drei Sekunden später haben zwei dicke Arme Jan umschlungen und drücken ihn, dass er kaum Luft bekommt. „Schön, dass Sie hierhergefunden haben."

Jan ist perplex. Niemand anderer als Frau Bambini aus dem Flugzeug steht vor ihm. Jetzt weiß er, warum ihm der Name der Pizzeria vertraut vorkam. Er hat ihn auf der Visitenkarte gelesen, die sie ihm zum Abschied am Flughafen in die Hand gedrückt hat.

Als Jan sich von der ersten Überraschung erholt hat, stellt er die Schwiegermutter des Ladeninhabers und Marlene gegenseitig vor.

„Waren Sie nicht auch gestern im Flugzeug? Ihr Gesicht kommt mir bekannt vor!“, wendet sich Frau Bambini neugierig an Marlene. „Haben Sie im Warteraum nicht direkt neben dem Wasserspender gesessen?“ Und ohne eine Antwort abzuwarten: „Ach, deshalb haben Sie sich im Flieger immer nach hinten umgedreht. Sie haben Ihre Freundin gesucht“, richtet sie das Wort an Jan, der vor Schrecken erstarrt. Das hat ja gerade noch gefehlt, dass jetzt durch einen blöden Zufall alles auffliegt. Schnell versucht er zu retten, was zu retten ist. „Nein, da kannte ich Frau Graf noch gar nicht“, beteuert er wahrheitsgemäß, wenn man von dem Foto des Kleeblatts großzügig absieht.

Prompt mischt sich Marlene ein: „Du warst im selben Flugzeug wie ich?“ Vor lauter Verwunderung geht sie zum Du über.

Frau Bambini lässt Jan gar nicht zu Wort kommen: „Wegen ihm konnte der Flieger nicht planmäßig starten. Zur Strafe musste er neben mir sitzen.“

Jan wird es gleichzeitig heiß und kalt. Er muss hier dringend raus, bevor die von Frau Bambini gezündete Bombe platzt. Er ist richtig froh, dass es im Lokal keinen Platz mehr gibt, denn Marlene schweigt verdächtig. Hoffentlich ist sie nicht misstrauisch geworden.

Er reicht der guten Dame die Hand zum Abschied. „War nett, Sie noch mal zu treffen, aber wir haben großen Hunger, und hier ist ja alles voll.“

Zu seinem Entsetzen strahlt Frau Bambini übers ganze Gesicht und nimmt Marlene bei der Hand, um sie hinter sich herzuziehen: „Kein Problem! Ihr kommt mit an den Familientisch. Keine Widerrede!“

So finden sich Jan und Marlene zwischen Frau Bambinis Enkeln wieder, die um die Riesenpizza in der Mitte des Tisches kämpfen. Zwei kleine Racker duellieren sich sogar mit ihren Messern, was sich wie Säbelrasseln anhört.

„Hey, hört sofort auf!“, versucht die Großmutter vergeblich dazwischenzugehen. „Was sollen denn meine Gäste von euch denken!“ Ihr ist das Benehmen ihrer Enkel offensichtlich sehr peinlich. Die Gäste im Lokal scheint der Lärm nicht zu stören. In Italien dürfen Kinder fast alles.

Die beiden Jungen fechten unbeirrt weiter, bis sie bemerken, dass ihre ältere Schwester längst das begehrte Pizzastück in ihren Mund schiebt nach dem Motto: Wenn zwei sich streiten, freut sich die Dritte.

Frau Bambini bemüht sich, von den kleinen Chaoten abzulenken, und winkt ihren Schwiegersohn Mario herbei, um Jan und Marlene vorzustellen.

Dessen Blick bleibt kurz an Jan hängen, bevor seine Erinnerung zurückkehrt: „Sie haben meiner Schwiegermutter aus dem Flugzeug geholfen und sie zum Ausgang geleitet, stimmt´s?“

Jan deutet ein Nicken an. Er fühlt sich wie auf einem Seil balancierend – ohne Netz und doppelten Boden. Wie soll er aus der Nummer herauskommen? Zu seiner Erleichterung bringt Marios Frage die positive Wende, denn Marlene antwortet und schenkt ihm ein bezauberndes Lächeln.

„Jan ist immer zur rechten Zeit am richtigen Ort, um jemandem zu helfen.“

Der Luigibezwinger lauscht vergeblich nach einem ironischen Unterton. Marlene meint wirklich, was sie sagt.

Endlich haben die Kinder die Pizza vertilgt und werden von ihrem Vater in die obere Etage geschickt. Dort wohnt die ganze Familie und seine Frau wartet schon, um die Bagage ins Bett zu bringen.

Mario tischt den neuen Freunden seiner Schwiegermutter auf,

was das venezianische Herz begehrt. Den Anfang macht eine Weinsuppe, gefolgt von traditioneller Polenta und einem üppigen Fischteller mit gebratenem Tintenfisch und Shrimps. Dazu werden getoastete würzige Brotscheiben mit Anchovis serviert und selbstverständlich Wein aus dem Umland.

Marlene und Jan lassen sich jeden Bissen auf der Zunge zergehen und sparen nicht mit Lob. Den krönenden Abschluss bildet das köstliche Dessert, die venezianische Creme, bestehend aus Amaretto, Mascarpone, Cantuccini und Äpfeln mit Zimt.

Marlene hält sich den Bauch zum Zeichen, dass er gut gefüllt ist: „So lecker habe ich ewig nicht mehr gegessen!“ Mario, der sich für einen Moment mit an den Tisch gesetzt hat, freut sich.

Schnell ist die Zeit mit Essen und lockerer Konversation verflogen, und Frau Bambinis Gähnen lässt darauf schließen, wie spät es sein muss.

Als Jan sein Portemonnaie aus der Hosentasche zieht, um das Essen zu bezahlen, zischt Marlene ihm ins Ohr: „Schon vergessen? Das ist meine Einladung!“

„Nein, das kommt überhaupt nicht infrage. Ich übernehme das!“ Jan möchte sich auf keinen Fall an dem Budget bereichern, das er von Ben für Marlenes Verwöhnprogramm erhalten hat.

Bevor es zu einem Gerangel zwischen den beiden kommen kann, wer die Rechnung begleicht, meldet sich Frau Bambini zu Wort: „Hier zahlt niemand außer mir. Basta!“

Der Abschied fällt sehr herzlich aus, und Marlene und Jan danken für die tolle Bewirtung. Als Gegenleistung müssen sie versprechen, noch mal vorbeizuschauen, bevor sie abreisen.

Als die zwei es endlich geschafft haben, die Pizzeria zu verlassen, mag Marlene nicht gleich zurück zur Pension. Sie kann ihr Bedürfnis nicht richtig deuten. Ist es wegen des überfüllten Magens, der sie ohnehin nicht schlafen lassen würde? Oder möchte sie Jans Gesellschaft eine Weile länger auskosten?

„Sollen wir einen Verdauungsspaziergang machen?“, schlägt Jan vor, der offensichtlich ihre Gedanken teilweise erraten hat.

„Gute Idee! Wollen wir zum Canal Grande?“ Wieder hakt sich Marlene bei ihrem Beschützer ein. Ausgelassen schlendern sie die Promenade am Wasser entlang.

„Sag mal, was bist du eigentlich von Beruf? Du hast dich mit Mario über die bedrohliche Hochwassersituation in Venedig unterhalten und scheinst mehr zu wissen, als in den Reiseführern steht. Ich konnte leider nur mit halbem Ohr zuhören, da deine nette Flugzeugbekanntschaft mich mit Erklärungen von venezianischen Rezepten zugetextet hat.“

Hat er gerade das Wort *leider* vernommen? Sollte sich Marlene etwa für die Probleme Venedigs über das übliche Maß einer normalen Touristin hinaus interessieren?

Alles oder nichts: „Ich bin Geophysiker und mache hier einen Zwischenstopp, um mir ein Bild vom bevorstehenden Untergang der Stadt zu machen.“ Jetzt ist es raus. Jan vermeidet es, Marlene bei dem halben Geständnis anzusehen, die völlig anders reagiert als erwartet.

„Das ist ja toll. Mein Großvater mütterlicherseits war auch Geophysiker. Ich habe es geliebt, wenn er mich als Kind auf den Schoß nahm und mir von seinen exotischen Expeditionen erzählte. Von Vulkanen, Tsunamis und den sich aufeinanderschiebenden Kontinentalplatten.“

Für diese Aussage möchte Jan Marlene am liebsten in die Arme nehmen und küssen, er ist jedoch wegen seiner bisherigen Erfahrungen mit Frauen vorsichtig geworden und verzichtet auf Spontanität.

Ganz anders Marlene, die plötzlich eine verlassene Gondel entert und Jan ausgelassen auffordert, es ihr nachzumachen. Eng nebeneinandersitzend lassen sie das unvergleichliche Panorama auf das vom Mond beschienene Wasser eine Weile schweigend und fast andächtig auf sich wirken.

„Jetzt bist du dran!“, unterbricht Jan die Stille.

„Womit?“

„Mit deiner Lebensbeichte!“

„Was willst du wissen?“

„Zum Beispiel, warum du mich heute Abend versetzt hast.“

Marlene erzählt die ganze Geschichte, angefangen von der Pleite mit Stephan, über den Verlust ihres Jobs als Gerichtsreporterin bis hin zu ihren lieben Freundinnen, die ihr die Reise nach Venedig geschenkt haben.

Wie automatisch legt Jan seinen Arm beschützend um Marlene, die vertrauensvoll ihren Kopf auf seine Schulter legt, während sie ihren Bericht fortsetzt, der von dem Geräusch des an die Gondel plätschernden Wassers untermalt wird. Es erleichtert, sich alles von der Seele zu reden. Dass ein völlig fremder Mann ihr Beichtvater ist, stört sie kein bisschen.

„Es tut mir leid, dass du vergeblich auf mich gewartet hast. Aber ich hatte einen Zettel für dich an der Rezeption hinterlegt. Ich musste einfach herausfinden, ob ich für Stephan noch Gefühle habe.“

„Und? Hast du welche?“ Jan hofft inständig auf ein klares Nein.

„Jedenfalls habe ich keine Schmetterlinge mehr im Bauch verspürt, als er heute auf Burano vor mir stand. Für mich ist das ein großer Fortschritt. Gefühle lassen sich trotzdem nicht von einer Sekunde auf die andere abschalten, auch wenn ich genau weiß, dass es keine Zukunft mit Stephan gibt.“

Die beiden Nachtwandler haben jegliches Zeitgefühl verloren und merken erst bei dem märchenhaften Sonnenaufgang über der

Lagune, dass bereits der Tag anbricht. Hand in Hand kehren sie zur Pension zurück, verabschieden sich brav vor der Zimmertür, um dann jeder für sich noch ein paar Stunden Schlaf zu finden.

Kapitel 16

Julia wird von einem Sonnenstrahl geweckt, der es geschafft hat, durch den kleinen Spalt zwischen den zugezogenen Vorhängen zu dringen. Ben liegt friedlich schlafend neben ihr und lächelt. Er scheint gerade einen schönen Traum zu haben.

Julia kann nicht glauben, welche Lawine durch ihre Geschenkidee für Marlene ins Rollen gekommen ist. Sie hat mit dem *Mann für alle Fälle* geschlafen und bereut es keine Sekunde. Im Gegenteil. Sie hofft zum ersten Mal in ihrem Leben, dass es nicht bei einem One-Night-Stand bleiben wird. Trotzdem hängt ein gewaltiges Damoklesschwert über ihrem Glück, denn sie bangt nach wie vor um Marlenes Freundschaft. Julia würde alles darum geben, endlich zu wissen, was in der Zwischenzeit in Venedig passiert ist. Sie merkt nicht, dass Ben längst die Augen aufgeschlagen hat und sie von der Seite betrachtet.

„Hallo, Prinzessin! Warum schaust du so ernst, wo doch dein Prinz neben dir liegt und sehnsüchtig auf einen Guten-Morgen-Kuss wartet."

Wider Willen muss Julia schmunzeln. Ben schafft es immer im richtigen Moment, dem Leben Leichtigkeit zu verleihen.

„Guten Morgen, mein Liebster!", schenkt sie Ben ein Lächeln und küsst ihn. „Bist du schon länger wach?"

„Lange genug, um festzustellen, dass du wegen Marlene grübelst."

Er nimmt Julia in seine Arme und drückt sie an sich: „Vielleicht sind Marlene und Jan sich jetzt gerade genauso nah wie wir beide."

„So, wie du deinen Freund beschrieben hast, ist er wohl kaum der Typ Mann, der für Marlene von Interesse sein könnte. Und er wird sich hoffentlich an die Agenturregeln halten."

„Wer weiß das schon? Hättest du damals in Frau Röhrigs Agentur gedacht, dass wir beide zusammen im Bett landen? Das Leben ist doch eine einzige Wundertüte."

Julia gibt nicht zu, dass sie tatsächlich beim Anblick von Bens Foto ein undefinierbares Kribbeln verspürte. Das wäre zu viel des Triumphes für sein Ego, aber Ben hakt nach: „Warum hast du ausgerechnet mich ausgewählt?"

„Weibliche Intuition."

„Was genau hat die dir suggeriert?"

„Dass du genug Bizeps hast, um potenzielle aufdringliche Casanovas in die Flucht zu schlagen."

„Ist das wirklich alles?", täuscht der gebuchte Mann Empörung vor und fängt an, Julia mit Küssen zu überschütten. „Strafe muss sein!"

Später, bei einem Spiegelei mit krossem Speck, überlegen die frisch Verliebten, wie sie den Tag sinnvoll gestalten können. Der Vergaser wird erst morgen in den Käfer eingebaut, sodass die Abreise nach Venedig erst gegen Mittag möglich wird.

„Mit meiner Prellung kann ich keine Gewaltmärsche machen."

„Sicher fährt von hier aus ein Bus nach Innsbruck. Ich wollte schon immer mal in das Café oben in der Skisprungschanze, aber leider muss man ein Stück hinauflaufen. Zum Turmcafé selbst gibt es zum Glück einen Aufzug."

„Bist du Skisprungfan?", fragt Julia erstaunt.

„Ich bin selbst früher als Junge auf der kleinen Schanze von Oberaudorf gesprungen. Mein Talent reichte allerdings nicht für eine Skisprungkarriere aus. Vielleicht gut so, denn die Jungs führen ein anstrengendes Leben, und sie dürfen nicht viel essen.

Spiegelei mit Speck steht bestimmt nicht auf deren Speiseplan."

Die Bäuerin erscheint mit einer neuen Kanne voll Kaffee und gießt Julia nach.

„Sie verwöhnen uns zu sehr, Frau Karl. Da wird es schwer, morgen die Zelte abzubrechen."

„Ich habe gewiss nichts dagegen, wenn Sie bleiben. Das Zimmer ist erst wieder am Wochenende belegt." Frau Karl ist erleichtert, dass es ihren Zufallsgästen trotz des Radunfalls offensichtlich bei ihr gefällt. „Schon was vor heute?"

„Hat das Turmcafé in der Sprungschanze immer geöffnet?", will Ben wissen.

„Normalerweise ja, aber zurzeit findet ein Sommerskispringen statt. Da hat das Café geschlossen."

„Sommerskispringen? Das wäre ja mal was anderes!"

Julia versteht nur Bahnhof. Sie kann sich nicht vorstellen, dass man im Sommer skispringt. „Wie viele Schneekanonen kommen denn dafür zum Einsatz?"

Als Frau Karl und Ben gleichzeitig in schallendes Gelächter ausbrechen, fühlt sich Julia gar nicht wohl in ihrer Haut. Was hat sie denn Falsches gesagt?

„Im Sommer springen die Jungs nicht auf Schnee, sondern auf Matten!", klärt Ben auf. „Das funktioniert super, und so müssen die Skispringer keine lange Trainingspause bis zum Winter einlegen."

„Kann man dabei zuschauen?", fragt Julia interessiert.

Frau Karl nickt: „Karten gibt es an der Tageskasse. Mein Mann kann Sie in einer Stunde mitnehmen. Er muss heute nach Innsbruck."

„Aber ich glaube nicht, dass ich es den Berg zu Fuß hinauf schaffe. Mein Bein tut noch ein bisschen weh."

„Alles kein Problem. Meine Schwester arbeitet dort und hat

eine Sondergenehmigung, um mit dem Auto raufzufahren. Ich rufe Helga sofort an, dass Sie mitwollen."

Die Zeiger der Uhr auf dem Nachttisch stehen auf zehn, als Marlene sich schlaftrunken die Augen reibt. Diesmal springt sie direkt aus den Federn, was ihr zu Hause äußerst selten gelingt. Sie reißt die Tür zum Balkon auf und tritt hinaus, ohne darüber nachzudenken, dass sie noch ihr Nachthemd anhat. Verstohlen blinzelt sie zu Jans Balkon herüber. Ob er bereits aufgestanden ist?

Von ihm ist nichts zu sehen. Hoffentlich frühstückt er jetzt nicht gerade und wird von seinen beiden Verehrerinnen belagert. Marlene und Jan haben sich in der Nacht verabschiedet, ohne konkret ein Wiedersehen für heute auszumachen. Vielleicht reist Jan ab und hat ihr nichts davon gesagt. Der Gedanke daran verursacht plötzlich ein flaues Gefühl in ihrem Magen. Nein, Jan ist kein Mann, der sich einfach verdrückt. Auf der anderen Seite hat sie ihn versetzt, und er revanchiert sich womöglich mit einem Zettel an der Rezeption:

Tut mir leid, dass ich mich nicht mehr
verabschieden konnte.
Gruß Jan

An diesem Morgen verzichtet Marlene auf eine längere Duschsession, um so schnell wie möglich in ein Kleid zu schlüpfen und zur Rezeption zu eilen.

„Hallo, Frau Bertani. Hat jemand eine Nachricht für mich hinterlassen?"

„Guten Morgen, Frau Graf! Nein, für Sie ist nichts hinterlegt worden. Gibt es Probleme?“

„Nein, zum Glück nicht, aber wenn Sie mich schon fragen, sage ich ganz ehrlich, dass Sie Luigi mal auf den Zahn fühlen sollten. Er deutet bloße Freundlichkeit von Frauen scheinbar falsch.“

Bevor Frau Bertani etwas erwidern kann, ist Marlene auf dem Weg zur Frühstücksterrasse.

Die Kellnerin räumt das Buffet bereits ab, da die Frühstückszeit längst vorüber ist. Kein Gast ist mehr zu sehen.

„Hier bin ich!“, hört Marlene eine Stimme hinter dem großen Blumenkübel, der die Sicht auf einen der Tische versperrt. Jan drückt die Pflanze ein bisschen zur Seite und gibt sich zu erkennen.

Marlene hat Mühe, ihre Freude zu zügeln: „Bist du schon lange auf?“ Eine Verlegenheitsfrage, denn viel eher als sie kann er nicht aufgestanden sein.

„Nein, ich sitze erst seit fünf Minuten hier und war enttäuscht, dich verpasst zu haben.“ Jan kommt seine Ehrlichkeit wie von selbst über die Lippen. Überhaupt empfindet er eine nie gekannte Leichtigkeit in der Gegenwart dieser Frau. Er wird Ben dafür danken, dass er ihn ins kalte Wasser geschubst hat, auch wenn die Begegnung mit Marlene und die Rettung vor Luigi letztendlich Zufall waren. Er glaubt zwar nicht an göttliche Fügungen, aber vielleicht waren diesmal ausnahmsweise überirdische Kräfte im Spiel.

„Scheint so, als wären wir zu spät fürs Frühstück“, setzt Marlene den Small Talk fort.

Jan zeigt auf einen großen Teller in der Mitte des Tisches: „Schau, ich habe vorgesorgt und einige Baguettestücke und Croissants auf Vorrat gebunkert, als das Buffet noch vollständig war. Die Kellnerin bringt gleich eine Kanne Kaffee."

Marlene genießt Jans Fürsorge. Von Stephan wurde sie nie verwöhnt. Das Verhältnis war immer umgekehrt, wobei es ein gemeinsames Frühstück mit ihm nie gab. Abends hat Marlene oft gekocht und Stephan bedient.

„Was steht heute bei dir auf dem Programm?", unterbricht Jan ihre Erinnerungen.

„Nichts Konkretes. Es gibt unendlich viele Sehenswürdigkeiten und Museen hier. Da weiß ich nicht, wofür ich mich entscheiden soll."

„Wie wäre es, wenn wir uns ein oder zwei Museen anschauen und am Nachmittag das Schiff zum *Lido* nehmen? Hast du einen Badeanzug dabei?"

„Ja, habe ich. Das ist ein super Plan. Ich liebe das Meer."

Marlene und Jan entscheiden sich für den Besuch des Museums des 18. Jahrhunderts. Der Barockbau am Canal Grande wurde von den besten Künstlern Venedigs ausgestattet. Die Deckenfresken stammen zum Beispiel von Tiepolo, und die ausgestellten Möbel, das Porzellan und die Kostüme spiegeln authentisch die Kunst des 18. Jahrhunderts wider. Besonders begeistert ist Marlene von der aufgebauten alten Apotheke.

„Meine Freundin Julia ist Apothekerin. Der würde das hier Spaß machen."

„Ist sie diejenige, die die Reise für dich initiiert hat?", fragt Jan scheinheilig.

„Ja, sie ist schon seit dem Kindergarten meine beste Freundin und wie eine Schwester für mich. Manchmal bemuttert sie mich zu sehr und meint, ich bekomme nichts allein auf die Reihe. Aber da ich sie sehr gern habe, schaue ich meistens darüber hinweg."

Jan pflichtet Marlene insgeheim bei. Julia traut ihrer Freundin nicht einmal zu, Venedig ohne männlichen Schutz zu meistern.

Wenn er jedoch an Luigi denkt, liegt sie mit ihren Bedenken nicht ganz falsch. Er überlegt seit Stunden fieberhaft, wie er mit der vertrackten Situation umgehen soll. Bisher hat er nicht lügen müssen. Marlene kennt seinen echten Namen, seinen Beruf und dass ihn die Stadt aus wissenschaftlicher Sicht besonders interessiert. Warum soll er die zarten Bande, die sie beide bisher geknüpft haben, mit der Beichte zerschlagen, dass der Trip eine andere Mission zum Ziel hat, die außerhalb seiner beruflichen Interessen liegt? Außerdem würde er Ben und Marlenes Freundinnen in Schwierigkeiten bringen und ihrer aller Verbundenheit aufs Spiel setzen. Trotzdem knabbert das schlechte Gewissen an ihm, das aufkeimende Vertrauen von Marlene auf wackelige Pfähle zu bauen. Solch eine liebenswerte, geradlinige Person hat es nicht verdient, hintergangen zu werden. Er wird alles tun, damit Marlene die restliche Zeit in Venedig weiter genießt. Danach trennen sich ihre Wege ohnehin.

„Hey, du sagst ja seit mindestens zehn Minuten nichts mehr!“, beendet Marlene Jans wirre Gedanken und holt ihn in die Gegenwart zurück.

„Entschuldige, aber hier drinnen ist es stickig. Wollen wir uns im Skulpturengarten eine Besichtigungspause gönnen? Laut Reiseführer soll er einer der lauschigsten Orte der Stadt sein.“

„Das habe ich auch gelesen. Dann nichts wie hin.“

Der Reiseführer übertreibt nicht. Der Garten ist voller Palmen, und in von Buchs eingefassten Blumenbeeten explodiert die Farbpalette der Sommerblumen von gelb, rosa, weiß und lila. Dazwischen laden versteckte Bänke zum Verweilen im Schatten ein. Romantik pur! Wie geschaffen für verliebte Pärchen.

Marlene und Jan finden eine schmiedeeiserne Bank im hintersten Winkel des Gartens für sich allein. Aus seinem Rucksack fördert Jan eine kleine Papiertischdecke zutage, die er zwischen Marlene und sich ausbreitet. Es folgen zwei Plastikbecher, eine Flasche Mineralwasser, zwei venezianische Muffins und zwei Sandwiches in Servietten eingepackt.

„Kannst du zaubern?", fragt Marlene erstaunt, „wie kommst du an die Sachen?"

Jan freut sich wie ein kleiner Junge, dass ihm seine Überraschung gelungen ist: „Die habe ich heute Morgen der Bedienung abgeschwatzt, als du dir dein Badezeug aus dem Zimmer geholt hast."

„Hast wohl deinen Charme spielen lassen bei dem Mädel."

„Wusste gar nicht, dass ich welchen habe", gibt Jan zu.

„Das nenne ich jetzt aber *Fishing for Compliments*, mein Lieber!", stellt Marlene amüsiert fest und beißt hungrig ins Sandwich, „egal ob mit Charme ergattert oder ohne, die Dinger schmecken sehr lecker."

Nach dem Minipicknick im Grünen brechen sie zur Haltestelle auf, wo die Linienschiffe zum *Lido* abfahren.

Gerade erkämpft sich ein riesiges Kreuzfahrtschiff mit einem gewaltigen Tuten den Weg durch den Bootsteppich von Gondeln, Wassertaxis und Privatbooten in Richtung Adria. Auf den Decks winken Hunderte Menschen zum Abschied und in Vorfreude auf die vorstehende Seereise.

„Für die Leute da oben muss Venedig wie eine Spielzeugstadt aussehen", vermutet Marlene fasziniert und will von Jan wissen: „Bist du schon mal mit einem Kreuzfahrtschiff unterwegs gewesen?"

„Nein, aber beruflich war ich vor drei Jahren mit einem

Expeditionsschiff in der Arktis, das allerdings viel kleinere Dimensionen hatte."

Marlene ist beeindruckt: „Du kommst anscheinend viel in der Welt rum in deinem Job."

„Früher ja, aber das Budget für solche Forschungsreisen ist in letzter Zeit stark geschrumpft. Mein Chef ist gerade in Patagonien und konnte mich deshalb nicht mitnehmen. Stattdessen werde ich bald von hier aus direkt nach Sizilien weiterreisen und am Ätna seismografische Messungen vornehmen und auswerten."

„Du kehrst nicht nach Deutschland zurück?" Marlene kann einen enttäuschten Tonfall nicht vermeiden, was Jan beglückt zur Kenntnis nimmt.

„Nein, ich werde bis zu Semesterbeginn im Herbst dort arbeiten."

In dieser Sekunde legt das Boot zum *Lido* an, und Marlene und Jan werden im Strom der Warteschlange dicht aneinandergedrängt. Er greift nach ihrer Hand, um sie nicht zu verlieren. Könnte er sie doch für immer festhalten!

Auf dem Deck versucht Marlene, die Überfahrt zu genießen und ihre Enttäuschung zu überspielen. Was hat sie erwartet? Jan ist eine Zufallsbekanntschaft. Sie verbringt nette Stunden mit ihm, und bald wird diese kurze Begegnung nur noch eine angenehme Erinnerung sein.

„Kannst du mir etwas über das Projekt *MOSE* erzählen?", lenkt Marlene das Thema auf eine neutrale Ebene.

„Dich interessiert wirklich, wie die Venezianer ihre Stadt retten wollen?"

„Klar, sonst würde ich von dem Projekt nichts gehört haben."

„Okay, also an drei Eingängen zur Lagune sollen auf dem Grund der Adria Fluttore verankert werden, deren bewegliche Klappen bei drohenden Sturmfluten geschlossen werden können.

Dadurch würde es gelingen, die Wassermassen zurückzuhalten. Bei normalem Wasserstand liegen die Tore unsichtbar am Meeresgrund." Jan belässt es bei der Kurzform, denn er will auf keinen Fall riskieren, Marlene mit seinen Ausführungen zu langweilen. Zu seiner Überraschung ist das Gegenteil der Fall.

„Stimmt es, dass viele Wissenschaftler das Projekt ablehnen?"

„Allerdings! Die Kritiker befürchten, dass dadurch das ohnehin angeschlagene Öko-Gleichgewicht der verschmutzten Lagune vollends umkippten könnte."

Marlene hört Jan gerne zu. Er spricht ohne Schnörkel und ohne belehren zu wollen, so ganz anders, als sie es von Stephan gewohnt war, der auch im privaten Bereich den Staatsanwalt heraushängen ließ und für jede These einen Beweis verlangte. Konnte Marlene für ihre Behauptung keinen vorweisen, war ihre Meinung in seinen Augen automatisch falsch.

Schließlich kommt das Schiff am *Lido* an, und die beiden nehmen den Bus zum nächstgelegenen Strand. Es ist inzwischen sehr heiß geworden. Soweit das Auge reicht, Sonnenschirme, die keinen Blick aufs Meer erlauben.

Jan und Marlene haben Mühe, überhaupt einen Quadratmeter Sand zu finden, auf dem sie ihre Handtücher ausbreiten können. Zwischen lärmenden Kindern, die fleißig mit ihren Eltern Burgen im Sand bauen oder Ball spielen, ergattern sie ein Plätzchen.

„Das habe ich mir etwas anders vorgestellt", gibt Marlene zu.

Jan zeigt auf eine Badeinsel im Meer: „Ich schlage vor, dass wir uns in die Fluten stürzen und dorthin schwimmen."

Marlene zieht sich ihr Kleid über den Kopf und bemerkt die verstohlenen Blicke der Familienväter nicht, als ihre athletische Figur, betont durch den schicken schwarzen Einteiler, sichtbar wird. Auch Jan verkneift es sich, durch die Zähne zu pfeifen, und starrt auf ihre langen Beine, die ins Meer springen.

„Tut echt gut bei der Hitze“, lässt Marlene verlauten und spritzt Jan ausgelassen nass, der das Spiel sogleich mitmacht. Die Wasserspritzer auf seiner Sonnenbrille, die er aus Versehen aufbehalten hat, versperren ihm die Sicht, sodass Marlene eindeutig im Vorteil ist.

„Hey, ich habe keine integrierten Scheibenwischer.“

Sie müssen über ihre eigene Kinderei so lachen, dass Marlene etwas Wasser verschluckt und Jan ihr auf den Rücken klopft. Einen magischen Moment lang hält er sie kurz in seinen Armen, was bei ihr eine Gänsehaut zur Folge hat. Bevor er auf die Idee kommen kann, sie zu küssen, entwindet sich Marlene seiner Umarmung. So groß die Versuchung ist, sie will nichts überstürzen, denn ihr ursprünglicher Vorsatz, sich nur noch mit Männern amüsieren zu wollen, funktioniert bei Jan genauso wenig wie bei Luigi, wenn auch aus anderen Gründen. Um ihre Verlegenheit zu verbergen, schwimmt sie zwei Züge in Richtung Badeinsel. „Wer zuerst die Planken erreicht!“, neckt sie Jan mit gespielter Lässigkeit.

„Nur, wenn der Sieger einen Kuss bekommt!“, ist seine verwegene Antwort, über die er selbst staunt. Seine Bedingung geht jedoch im Wellenschlag unter, und Marlene krault, als wäre ihr ein Haifisch direkt auf den Fersen.

Natürlich könnte Jan trotz eingeschränkter Brillendurchsicht die Schwimmerin mit wenigen Zügen überholen, und als Erster an der Badeleiter anschlagen, denn er ist durchtrainiert und schon immer ein guter Schwimmer gewesen. Stattdessen verfolgt er eine andere Taktik. Er lässt Marlene um eine Länge gewinnen, die über das ganze Gesicht strahlt und sich erschöpft auf die Badeinsel setzt.

„Das war knapp!“, stellt Jan scheinheilig fest, „echt spitze, wie du abgezogen bist.“

„Danke, freut mich, dass du ein guter Verlierer bist.“

„Nicht nur das, sondern du hast dir den Gewinn ehrlich verdient.“

„Was für einen Gewinn?“ Marlene denkt naiv an ein Eis vom Kiosk, wenn sie nachher wieder zurück am Strand sind.

„Wir hatten einen Kuss für den Sieger ausgemacht, vergessen?“

„Wann haben wir das vereinbart? Davon weiß ich nichts!“

Einen Wimpernschlag später legt Jan seine Sonnenbrille beiseite, nimmt ihren Kopf in seine Hände und kommt ihrem Gesicht gefährlich nahe. Gegen alle Vernunft gibt Marlene ihren inneren Widerstand auf und schließt in Erwartung des Kusses die Augen.

Die Magie findet ein plötzliches Ende, als eine Horde junger Leute ungestüm die Badeinsel kapert, die derartig ins Schwanken gerät, dass Jan und Marlene kopfüber im Wasser landen.

Kapitel 17

Julia und Ben verleben einen außergewöhnlichen Nachmittag in der Skisprungarena. Frau Karls Schwester Helga arbeitet im VIP-Bereich und hat die beiden einfach als ihre Helfer mit hineingeschleust. Auf diese Weise haben sie den optimalen Blick auf die Schanze und die Skispringer, die nur wenige Meter von ihnen entfernt nach dem Sprung den Auslauf verlassen.

Julia grölt sich die Kehle aus dem Hals, sobald ein Deutscher springt, was Ben köstlich amüsiert.

„Warum lachst du? Wenn wir schon hier sind, können wir auch unsere Leute anfeuern."

„Erstens lache ich dich an und nicht aus, und zweitens finde ich es spannend, eine neue Seite an dir zu entdecken. Hätte nicht gedacht, dass du so begeisterungsfähig bist."

„Hältst mich wohl für eine spröde Giftmischerin, die nur ihre Apotheke im Kopf hat."

„Und, hast du?"

„Wenn du dich weiterhin nett benimmst, zeige ich dir, wie ich meine Freizeit gestalte", neckt Julia und wird von ihrem klingelnden Handy unterbrochen. Auf dem Display leuchtet Sabines Nummer auf. Einen Augenblick zögert sie, den Anruf entgegenzunehmen, aber die Freundinnen sitzen mit im Boot und haben ein Recht zu erfahren, wie die Situation aussieht.

„Hallo, Sabinchen! Wie geht´s?"

„Die Frage gebe ich gleich an dich zurück. Habt ihr euer Ziel endlich erreicht? Marlene hat sich nicht mehr gemeldet, seit das Gespräch mit Gabi unterbrochen wurde."

„Nein, haben wir nicht!"

„Was? Ich verstehe dich kaum, was ist das für ein Krach im Hintergrund?“

Julia gibt Ben ein Zeichen, dass sie ins Restaurant geht.

„Ist es jetzt besser?“

„Ja!“

Julia klärt Sabine in wenigen Sätzen über den Stand der Dinge auf, nur nicht darüber, dass sie die Dienste des gebuchten Mannes selbst in Anspruch nimmt.

„Das darf alles nicht wahr sein. Soll ich mich auf die Socken machen und dich einsammeln? Kai, oder wie immer er heißen mag, kann deinen Käfer zurück nach München bringen, wenn er fertig ist. Das ist das Mindeste, was er uns schuldet. Wir beide könnten am späten Nachmittag in Venedig sein, wenn ich sofort aufbreche.“

Mit einem solchen Angebot hat Julia nicht gerechnet, und sie überlegt nervös, an einem ihrer Nägel kauend, wie sie Sabine von ihrem Vorschlag abbringen kann, der ihrer Idylle mit Ben ein jähes Ende bereiten würde.

„Das ist ja süß von dir! Aber denke bitte an dein Baby. Stress solltest du auf jeden Fall vermeiden, und wir wissen nicht, was uns erwartet. Jetzt kommt es nicht mehr auf die paar Stunden mehr oder weniger an. Morgen können wir ganz sicher starten. Der Vergaser wird gleich in der Früh eingebaut. Deinem Rolf wäre es bestimmt nicht recht, wenn du euer Baby gefährdest. Er ist doch so besorgt um dich.“

Julia hält gespannt den Atem an, ob Sabine den Köder mit Rolf schluckt. Er ist ihr im letzten Moment eingefallen. Ihre Rechnung geht glücklicherweise auf.

„Wenn du meinst. Ich möchte alles tun, damit unser wahnwitziges Geschenk unser Kleeblatt nicht zerstört. Gabi hüpft den ganzen Tag wie Rumpelstilzchen ums Telefon und hypnotisiert es, damit Marlene sich meldet. Sie war sogar in Versuchung, Stephans Frau anzurufen und ihr reinen Wein über ihren Mann einzuschenken. Deswegen haben wir uns heftig gestritten."

„Jetzt dreht bitte nicht durch! Wir haben sowieso keinen Einfluss mehr. Ben hört ebenfalls nichts von seinem Ersatzmann. Ich möchte, dass *er* mich begleitet, denn schließlich ist er an dem ganzen Chaos nicht unschuldig."

„Okay, aber lass uns nicht im Regen stehen, und melde dich!"

„Versprochen!"

Julia beendet das Gespräch und verpasst gerade den letzten Sprung eines Österreichers, der den Wettbewerb gewinnt.

„Wo warst du denn so lange? Jetzt hast du das Finale versäumt."

„Sabine wollte mich abholen und mit nach Venedig fahren. Ich konnte ihr das zum Glück ausreden."

„Na, Gott sei Dank! Das würde alles unnötig verkomplizieren!"

„... und unsere Zweisamkeit ganz erheblich beeinträchtigen", vollendet Julia die Feststellung ehrlich und küsst Ben, der gerne das letzte Wort hat: „Man sollte immer das Angenehme mit dem Nützlichen verbinden. Alles wird gut."

⚖ ⚖ ⚖

Marlene und Jan sind inzwischen zur Pension zurückgekehrt. Die Lockerheit zwischen ihnen hat durch den untauglichen Kussversuch Federn gelassen. Nach dem unfreiwilligen Plumps ins Wasser sind sie zum Strand geschwommen, haben eine Weile schweigend den spielenden Kindern zugesehen, um am frühen Abend den Rückweg nach Venedig anzutreten.

Marlenes Gefühlskarussell schlägt Purzelbäume. Sie hätte Jan tatsächlich auf der Badeplattform geküsst, nichts hat sie sich in dem Augenblick mehr gewünscht. Es darf nicht sein, dass sie dabei ist, sich erneut zu verlieben, kaum dass sie Stephan in den Wind geschossen hat. Sie kennt Jan kaum und hat ihn nicht einmal gefragt, ob er irgendwie gebunden ist. Gut, einen Ring trägt er nicht, was leider nichts heißt. Ihre Eltern sind seit fünfunddreißig Jahren verheiratet und laufen ringlos durchs Leben.

Eine Freundin hat er nicht erwähnt. Aber kann ein solches Prachtexemplar von Mann ein Single sein? Wie gerne würde sie sich Julia anvertrauen, die ihr ganz bestimmt den Kopf zurechtrücken würde. Zu dumm, dass ihr Handy nicht funktioniert, aber von einem öffentlichen Telefon aus mag sie die Freundin nicht anrufen, um Herzensangelegenheiten zu bequatschen. Vielleicht ist es gut, dass Jan mehrere Monate auf Sizilien arbeitet. Sie wird ihn nächste Woche in München schon vergessen haben. An dieser Hoffnung nagen Zweifel. Sie wird sich in die Jobsuche stürzen, mit dem Kleeblatt beim Italiener fröhliche Stunden verbringen und Männer Männer sein lassen. Es ist die vernünftigste Entscheidung, sich Jan und eine mögliche Beziehung mit ihm aus dem Kopf zu schlagen.

♎ ♎ ♎

Jan denkt zwei Zimmer weiter über seinen Gemütszustand nach. Was passiert gerade mit ihm? Zum ersten Mal in seinem Leben trifft er eine Frau, mit der er seine Interessen teilen kann, die ihm zuhört, mit ihm lachen und auch mal albern sein kann. Bald wird er nach Sizilien aufbrechen und sie erst einmal lange Zeit nicht wiedersehen. Marlene wird schnell neue Verehrer haben und ihn vergessen. Er hat sie durch seine spontane Kussattacke offensichtlich verschreckt. Warum sonst hat sie seine Einladung zum Abendessen abgelehnt? Angeblich hat sie zu viel Sonne getankt und deswegen Kopfschmerzen. Jan ahnt, dass dies eine Ausrede ist. Es bleibt ihm nichts anderes übrig, als das zu akzeptieren. Er beschließt zu duschen, um sich die Salzwasserreste von der Haut abzuwaschen. In seine Grübeleien vertieft vergisst er, die Zimmertür von innen abzusperren.

Marlene sucht ebenfalls unter der Dusche Entspannung. Es tut ihr plötzlich leid, Jans Einladung mit der dämlichen Ausrede ausgeschlagen zu haben. Er hat ihr seltsames Verhalten nicht verdient. Was ist schon dabei, sich zu küssen? Das hat sie dutzende Male zuvor gemacht, ohne gleich dabei an eine Beziehung zu denken. Er muss ja glauben, sie sei aus der Pubertät nicht herausgewachsen.

Entschlossen tauscht sie ihren Bademantel gegen Rock und Bluse, bändigt ihre Haare zu einem Pferdeschwanz und schminkt ihre Augen. Auf zu viel Make-up verzichtet sie bewusst. Jan ist nicht der Typ, der auf aufgetakelte Frauen steht.

Kurze Zeit später atmet Marlene vor Jans Zimmer tief durch, wirft ihren Pferdeschwanz in den Nacken und klopft zaghaft an die Tür. Nichts rührt sich. Ob er ohne ihre Gesellschaft zum Essen gegangen ist? Vielleicht wieder zu Frau Bambini? Ein fahler Lichtschein unter der Tür spricht dagegen. Sie klopft erneut.

„Jan? Bist du da? Ich bin´s, Marlene! Ich möchte dir was sagen.“

Keine Antwort! Sie will sich abwenden, als sie den schmalen geöffneten Türspalt entdeckt. Ihre Berufskrankheit, die Neugierde, ist zu stark. Zwei imaginäre Hände schubsen sie geradezu ins Zimmer. Sie kann nichts dagegen tun. Von Jan ist nichts zu sehen, allein das Rauschen der Dusche ist durch die geschlossene Badezimmertür zu hören. Noch kann Marlene den Rückzug antreten und die Kopfschmerznummer gelten lassen. Sie schafft es nicht. Sie will zu ihren Gefühlen stehen und Jan geradeheraus fragen, ob er diese erwidert. Schließlich gibt es auch auf Sizilien Telefone, und einen Laptop stellt man Jan in der Forschungsstation zur Verfügung. Es wird nicht einfach werden, eine frische Liebe als Fernbeziehung zu beginnen, aber Marlene würde es riskieren. Sollte Jan das anders empfinden, muss sie sich damit abfinden.

Das Geräusch der prasselnden Dusche verhallt, um kurz darauf vom Brummen des Föhns abgelöst zu werden. Offensichtlich richtet sich Jan zum Ausgehen her.

Marlene weiß nicht, was sie tun soll. Zurück in ihr Zimmer gehen und hinter der Tür den Augenblick abpassen, wenn er seins verlässt? Dann behaupten, die Kopfschmerzen seien vorüber und sie nähme die Einladung gerne an? Blödsinn! Hier und jetzt wird sie ihm sagen, wie sehr sie ihn mag.

Als der Föhn verstummt, nimmt sie ihr Herz in die Hand und klopft an die Badezimmertür, denn sie will vermeiden, dass Jan womöglich im Adamskostüm heraustritt und die peinliche Situation alles verderben würde.

„Nicht erschrecken. Ich bin´s, Marlene. Die Tür stand offen!“ Jetzt gibt es keinen Weg mehr zurück. Angespannt erwartet sie Jans Reaktion, der, als er ihre Stimme hört, zu träumen glaubt.

„Gib mir ein paar Minuten. Ich ziehe mich schnell an.“ Er ahnt nicht, dass eine gewaltige Bombe tickt und die Detonation kurz bevorsteht. Fröhlich seinem Spiegelbild zulächelnd, kämmt er seine Haare und verwendet auf sein äußeres Erscheinungsbild einen Tick zu viel Zeit.

Marlene lässt sich so lange auf das gemütliche Sofa fallen, das in einer Ecke zum Verweilen einlädt, und ihren Blick durchs Zimmer schweifen. Es ist pikobello aufgeräumt, als würde es frisch hergerichtet auf den nächsten Gast warten. Lediglich ein Stapel Geozeitschriften vor ihr auf dem Tisch deuten daraufhin, dass jemand den Raum bewohnt. Um sich die Minuten zu vertreiben, bis Jan fertig angezogen ist, greift Marlene gleich das oberste Magazin und beginnt, darin zu blättern. Die ersten Seiten beinhalten Werbung, gefolgt vom Inhaltsverzeichnis, das sie kurz überfliegt. Auf Seite zweiundfünfzig lockt die Überschrift: *Venedig: Opfer des Klimawandels*. Marlene schlägt die Seite auf und entdeckt zu ihrer grenzenlosen Überraschung das inzwischen zerknitterte Foto des Kleeblattes mit ihrem eingekreisten Kopf. Wie kommt dieses Bild in Jans Besitz? Er hat mit keiner Silbe erwähnt, Julia, Gabi oder Sabine zu kennen. Vorsichtig, als gälte es, die tickende Bombe rechtzeitig zu entschärfen, wendet sie das Foto, um endgültig zu erstarren. Auf der Rückseite befindet sich der Stempel der Agentur *Ein Mann für alle Fälle* und darunter in Großbuchstaben: *MARLENE GRAF*. Was hat das alles zu bedeuten? Jan scheint nicht der Mann zu sein, für den sie ihn bis zu diesem Zeitpunkt gehalten hat. Wem ist sie aufgesessen? Einem Betrüger, dem sie gleich gestehen wollte, dass sie sich in ihn verliebt hat?

Ihr Gedankenchaos wird jäh durch das Aufreißen der Badezimmertür beendet. Jan erscheint geschniegelt und gestriegelt im Rampenlicht. Sein erfreutes Lächeln über Marlenes Anwesenheit gefriert, als er ihren versteinerten Gesichtsausdruck und das Foto in ihrer Hand bemerkt. Es herrscht plötzlich eine sibirische Kälte im Zimmer.

„Ich verlange eine Erklärung!“, durchbricht Marlene das eisige Schweigen und fährt aufbrausend fort: „Woher hast du das Foto, und was hast du mit dieser dubiosen Agentur zu tun?“

Marlenes Fragen prasseln wie weintraubengroße Hagelkörner auf Jan nieder, dem die Worte in der Kehle stecken bleiben.

„Bin ich dir nicht mal eine Rechtfertigung wert?“

Jan macht zwei Schritte auf seine Angebetete zu, um sofort zurückzuweichen. Sie scheint von einem unsichtbaren elektromagnetischen Zaun umgeben wie beim Hochsicherheitstrakt eines Gefängnisses. Jede Berührung mit ihm birgt eine tödliche Gefahr.

„Ich warte! Du glaubst doch wohl nicht, ohne Beichte davonzukommen? Noch mal langsam zum Mitschreiben: Wer bist du? Ein Geophysiker? Ein Mann für alle Fälle? 007?“

Endlich lockert sich Jans gelähmtes Sprachzentrum ein wenig. Wie ein Pennäler stottert er kaum verständlich: „Ich,... ich bin ein Geschenk deiner Freundinnen, das heißt nicht ich, sondern ...“

Weiter kommt er mit seinem Erklärungsversuch nicht, denn Marlene erbleicht unter dem leichten Sonnenbrand, den sie sich am Strand zugezogen hat. „Was für ein Geschenk? Ich verstehe gar nichts!“

„Deine Freundinnen haben in der Agentur ein ganzes Paket gebucht, den Trip nach Venedig und eine männliche Begleitung, die ein wachsames Auge auf dich haben sollte, damit du nicht an die falschen Männer gerätst.“ Nun ist die Wahrheit endlich raus. Jan verspürt trotz der explosiven Stimmung etwas wie Erleichterung, wagt jedoch nicht, Marlene direkt in die Augen zu schauen. Er will nachsetzen und ihr sagen, dass er nicht der ursprünglich engagierte Mann, sondern lediglich für seinen verhinderten Freund eingesprungen ist, aber sie erstickt seine Stammelei mit einem wütenden und verzweifelten Wortschwall.

„Was fällt denen denn ein? Ich bin doch kein Teenager mehr, der jedem Schmetterling im Bauch mit dem Fangnetz nachjagt!“

Eine einzelne Träne rinnt über ihr Gesicht und tropft mit

einem Blob aufs Foto. Dann trifft sie Jan mit ihrem traurigen Blick mitten ins Herz. Er verflucht innerlich alles: Ben, die Agentur, das blöde Geschenk und vor allem sich selbst.

„Du hast den Helden und deine Fürsorge nur gespielt. Für Geld! Für dreckiges Geld! Wie mich das anekelt." Marlene tippt sich an die Stirn, weil sich einige Puzzleteile plötzlich aneinanderfügen. Es war alles kein Zufall: Derselbe Flieger, dieselbe Pension, womöglich war sogar Luigi engagiert, damit Jan bühnenreif den Helden mimen konnte. Sogar als Geophysiker hat er sich ausgegeben. Julia weiß gut, wie sehr sie ihren Großvater liebte. Das ganze wissenschaftliche Gerede eine einzige auswendig gelernte Farce. Wie widerlich! Fast hätte sie den Gigolo sogar geküsst, wäre vielleicht heute Nacht mit ihm in der Kiste gelandet. Was ist sie für eine naive, dumme Person! Nichts hat sie dazugelernt.

„Meine Gefühle für dich sind echt!", beteuert Jan mit verzagter Miene, „bitte glaube mir!" Seine Worte prallen an ihr ab wie ein kräftig geschlagener Squashball an der Trainingswand.

Marlene hechtet zur Tür und dreht sich noch mal um: „Ich will dich nie mehr wiedersehen, und sag meinen Freundinnen, dass sie gut daran tun, mir zukünftig aus dem Wege zu gehen."

Die Tür knallt hinter Marlene zu, deren Augen die Schleusen öffnen, um den Niagarafall an Tränen endlich rauszulassen.

Sie verbringt eine nahezu schlaflose Nacht, wälzt sich im Bett hin und her und lässt alle Ereignisse noch mal Revue passieren. Ein Puzzleteil fehlt, nämlich das von Stephan. Spielte er etwa auch eine bestimmte Rolle in dem Narrenstück? Sosehr sie grübelt, Stephans Auftauchen passt nicht in die Szene. Endlich schläft sie ein, als der Tag bereits mit dem Sonnenaufgang erwacht.

Kapitel 18

Julia und Ben räkeln sich verliebt im Bett, als sie das vertraute Motorengeräusch des Käfers wahrnehmen. Es ist erst sieben Uhr.

Herr Karl hatte in ihrer Abwesenheit am Nachmittag den Käfer mit Hilfe des Mechanikers per Trecker ins Tal in die Werkstatt geschleppt. Der Vergaser war früher eingetroffen als erwartet.

Julia springt sogleich aus dem Bett zum Fenster und schiebt die Vorhänge beiseite. „Nun gibt es keinen Aufschub mehr“, stellt sie seufzend fest.

Ben tritt hinter Julia und umschlingt sie mit beiden Armen: „Sei nicht traurig. Wir haben noch ganz viele gemeinsame heiße Nächte vor uns.“

„Bist du sicher?“ Julia möchte es gerne glauben.

„Ganz sicher!“

Der Abschied von der Familie Karl ist herzlich und freundschaftlich.

Julia und Ben versprechen, wieder bei ihnen vorbeizuschauen, wenn sie im Winter zur Vierschanzentournee der Skispringer nach Innsbruck fahren, denn Julia hat das Fanfieber gepackt. Vielleicht bleiben sie sogar einige Tage, um Ski zu laufen, denn viele attraktive Wintersportgebiete locken in der Umgebung.

Da Julias Bein immer noch nicht wieder ganz in Ordnung ist und man die alte Kupplung des Käfers stark durchtreten muss, lässt sie Ben fahren. Ein echter Liebesbeweis, denn außer ihrem Vater darf normalerweise niemand ans Steuer.

Die Reise verläuft ohne weitere Komplikationen, und gegen elf Uhr erreichen sie die Lagunenstadt. Zum Glück gibt es trotz

Hochsaison ausreichend Platz auf einem der Touristenparkplätze.

„Das Gepäck lassen wir am besten erst einmal im Auto“, schlägt Ben vor und zeigt auf ein Informationsbüro am Ausgang, „dort kann man uns bestimmt sagen, wie wir am schnellsten zur Pension kommen.“

„Hoffentlich ist es nicht so weit zu Fuß!“, meint Julia, die jetzt schon unter der morgendlichen Hitze stöhnt.

„Ich trage dich huckepack, wenn du nicht mehr kannst.“

„Au ja, dann haben die Touristen mal ein anderes Motiv zum Fotografieren.“

Ben schaut Julia skeptisch an, denn er weiß tatsächlich nicht, ob sie das ironisch gemeint hat. Sie haben jedoch keine Zeit für die üblichen Neckereien und begeben sich auf den Weg, um ihre Mission zu beenden.

Eine halbe Stunde später betreten sie die Pension *Canal Grande*. Die Rezeption ist verlassen, und Julia betätigt den dafür vorgesehenen Klingelknopf, um Frau Bertani aus dem Hinterzimmer zu locken.

„Buongiorno!“, begrüßt sie die potenziellen neuen Gäste freundlich, „auf welchen Namen haben Sie reserviert?“

„Auf gar keinen!“, gesteht Ben, und Julia fährt fort: „Wir wollen zu Marlene Graf und Jan Hansen. Die wohnen doch hier, oder?“

„Das darf ich Ihnen nicht verraten. Da könnte ja jeder kommen und meine Gäste ausspionieren. Auch wir in Italien halten uns an den Datenschutz.“

Julia lässt sich nicht beirren: „Klar, das verstehe ich ja, aber wir sind extra von München hierhergefahren, um unseren Freunden etwas äußerst Wichtiges mitzuteilen. Wir wissen, dass sie hier Zimmer haben.“

„Wozu gibt es Telefone und Internet?“ Frau Bertani bleibt

hartnäckig. Sie hatte am Vorabend eine heftige Auseinandersetzung mit Luigi, in deren Verlauf sie ihm den Aushilfsjob in der Pension gekündigt hat. Er gab zwar nicht zu, Marlene zu nahe getreten zu sein, leugnete es aber auch nicht. Frau Bertani reichte sein Schweigen aufgrund früherer Beschwerden von weiblichen Gästen. Sie will nicht riskieren, Frau Graf oder Herrn Hansen mit der Preisgabe ihres Aufenthaltsortes zu verärgern.

„Hören Sie, wir sind weder von der Mafia noch von einer Versicherung. Wir sind enge Freunde der beiden. Es geht um Liebe und Freundschaft, nicht um Mord und Totschlag“, übernimmt Ben das Kommando, „geben Sie Ihrem Herzen bitte einen Stoß! Wenn Sie uns nicht glauben, dann rufen Sie Frau Röhrig in München an, die die Zimmer bei Ihnen gebucht hat.“

Zwei Augenpaare sind auf Frau Bertani gerichtet, die genug Menschenkenntnis besitzt, um zu spüren, dass diese beiden nicht lügen.

„Sie kennen Frau Röhrig?“

„Ja!“, erwidert Ben. „Ich arbeite bei ihr.“

„In Ordnung, dann mache ich eine klitzekleine Ausnahme.“

Die Pensionschefin kritzelt die Zimmernummern auf einen Zettel. „Im Dachgeschoss. Aber um diese Uhrzeit sind die Herrschaften ganz sicher nicht mehr im Hause.“

„Das lässt sich ganz einfach feststellen. Haben die beiden ihre Schlüssel abgegeben?“, will Ben wissen.

Frau Bertani setzt eine bedauernde Miene auf: „Bei uns nehmen die Gäste die Zimmerschlüssel mit, weil sie damit gleichzeitig nachts die Haustür öffnen können. Soll ich bei Frau Graf oder Herrn Hansen anrufen? Dann können wir feststellen, ob sie da sind.“

„Nein danke!“, rufen Ben und Julia wie aus einem Munde und

stürmen in die oberste Etage. Im Flur hält Julia plötzlich Ben fest und flüstert. „Was sollen wir überhaupt sagen? Wie sollen wir unsere Anwesenheit begründen?“

Ben zuckt mit den Schultern: „Wie wär´s ganz einfach mit der Wahrheit?“

„Du hast recht. Ich hoffe, dass Stephan nicht derjenige ist, der mir öffnet.“

„Warum gehst du immer von der schlechtesten Möglichkeit aus? Du bist Apothekerin und keine Juristin. Ich klopfe jetzt bei Jan und du bei Marlene. Mal sehen, ob einer von uns beiden überlebt, ansonsten sehen wir uns gemeinsam in der Hölle wieder.“

Selbst in dieser Situation ist er zu makabren Scherzen aufgelegt.

Ben versucht als Erster sein Glück und klopft an Jans Tür.

Seltsamerweise öffnet der Freund, ohne zu fragen, wer Einlass begehrt. Ben kann nicht wissen, dass Jan insgeheim gehofft hat, es wäre Marlene.

„Du?“, fragt er entgeistert, „was machst du denn hier? Ich dachte, du liegst mit einer dicken Wange im Bett?“

„Mir geht´s wieder gut. Danke der Nachfrage. Darf ich reinkommen?“

„Bitte!“, deutet Jan mit reserviertem Gesichtsausdruck ins Innere des Zimmers, in dem es inzwischen aussieht, als sei eine echte Bombe hochgegangen. Überall auf Bett, Sofa und teilweise auf dem Boden sind Kleidungsstücke verstreut. Mittendrin steht ein geöffneter Karton, in dem die Sachen Platz finden, die Jan im Flughafen von Bens Budget neu gekauft hatte. Da einige nicht zum Einsatz gekommen sind, baumeln teilweise die Preisschilder daran.

Jan schließt den Deckel und drückt Ben den Karton vor die

Brust. „Das alles brauche ich nicht mehr. Das Geld fürs Verwöhnprogramm liegt unten drin." Der bittere Klang seiner Stimme ist nicht zu überhören.

„Was ist denn passiert? Warum hast du dich nicht mehr gemeldet? Ist dir der Ex-Lover Stephan in die Quere gekommen?"

„Ach, willst du dich etwa davon überzeugen, dass ich deinen Job richtig erledige? Jan knüllt seine Klamotten in den Koffer. „Du bist zu spät. Die *Mission Venedig* ist aufgeflogen. In einem Punkt sind Marlene und ich uns einig: Wir wollen euch nie mehr wiedersehen."

Derart in Rage hat Ben seinen Freund noch nie erlebt, der den Koffer zuknallt, seinen Rucksack greift und ihn ohne ein weiteres Wort stehen lässt.

Zur gleichen Zeit spielt sich eine ähnliche Szene in Marlenes Zimmer ab.

In der Annahme, das Zimmermädchen wolle das Bett machen, öffnet Marlene aufs Klopfen die Tür einen Spaltbreit. Sie will es wegschicken, denn mit dem verweinten Gesicht kann sie niemandem unter die Augen treten.

Marlene ist zu überrascht von Julias Erscheinen, als dass sie ihr die Tür vor der Nase hätte zuschlagen können. „Wo kommst du denn her?" Sie lässt sich in die geschätzten tausend Papiertaschentücher auf dem Bett fallen, greift eines heraus und bewirft unter Schluchzern Julia damit. „Wie konntet ihr mir das antun?"

Julia hockt sich auf den Bettrand, selbst auf die Gefahr hin, weiter unter Taschentücherbeschuss zu geraten. „Ich weiß es nicht. Es war eine total blöde Idee, und ich nehme sie ganz allein auf meine Kappe. Ich hatte einfach Sorge, dein Vorsatz, dich an der Männerwelt rächen zu wollen, würde gründlich in die Hose gehen."

Marlene schnieft und muss wider Willen lachen. „Wie gut du mich kennst."

Das Eis zwischen den beiden Freundinnen ist gebrochen, und sie fallen sich in die Arme.

„Kannst du mir verzeihen?", bittet Julia inständig.

„Schon passiert! Wenn ich mich nur nicht außerplanmäßig in diesen Gigolo verliebt hätte, der mich bloß wegen des Geldes umgarnt hat, ich dumme Nuss. Jan ist ein verdammt guter Schauspieler. Ich hätte nie gedacht, dass jemand Zuneigung so vollendet vortäuschen kann."

„Aber Schätzchen, Jan ist nicht der Mann, für den du ihn hältst."

Endlich erzählt Julia die ganze verworrene Geschichte. Jan ist lediglich für seinen kranken Freund eingesprungen, damit der seinen Job nicht verliert."

Wie auf das Stichwort einer Souffleuse beim Theater erscheint Ben im Türrahmen. Sein verkniffener Mund verrät, dass das Zusammentreffen mit Jan nicht von Erfolg gekrönt war. Julia steht auf und umarmt Ben, um ihn dann Marlene vorzustellen.

„Das ist der echte gebuchte Mann."

Ben reicht Marlene die Hand. „Bitte verzeihen Sie Jan. Ich allein trage für das Chaos die Verantwortung. So wie ich ihn eben erlebt habe, ist er heftig verliebt in Sie."

Marlene erhebt sich vom Bett und trocknet die Augen mit einem gebrauchten Taschentuch. „Ich gehe zu ihm!"

„Er ist weg!", sagt Ben bedauernd.

„Wie, weg?", schreit Marlene ungläubig, „wohin will er denn?" Sie plumpst zurück aufs Bett.

„Ich vermute, dass er direkt nach Palermo fliegt. Kann aber

auch sein, dass er das nächste Schiff nimmt."

Marlene überlegt fieberhaft, was Jan ihr von seiner bevorstehenden Reise nach Sizilien erzählt hat. Wollte er Schiff oder Flugzeug nehmen? Plötzlich huscht ein Lächeln über ihr gerötetes Gesicht.

„Er nimmt das Schiff."

„Woher weißt du?", rätselt Julia.

„Mein Bauchgefühl."

Jan erreicht mit dem Wassertaxi den Hafen. Frau Bertani staunte nicht schlecht, dass er vorzeitig auschecken wollte. Als er jedoch für die fehlenden zwei Tage kein Geld zurückverlangte, wünschte sie ihm eine gute Heimreise.

Jan hat Glück, denn auf dem Schiff nach Palermo gibt es freie Kabinen. Er löst ein One-Way-Ticket und begibt sich in die Wartehalle, die bereits völlig überfüllt ist, da das Schiff in einer halben Stunde in See stechen wird. Dem Aufruf folgend, die Ausweise und Fahrscheine bereitzuhalten, reiht sich Jan in die Schlange der Passagiere ein. Als er die Gangway hinaufschreitet, schweift sein Blick wehmütig in Richtung Stadt. War es richtig, einfach abzuhauen? Hätte er Ben nicht stattdessen bitten sollen, Marlene alles zu erklären? Jetzt wird er sie nie wiedersehen. Er hat mit seinem Stolz alles vermasselt. Schließlich hat sein Freund sicher nicht gewollt, dass sein Auftrag im Chaos endet.

Später lehnt Jan auf dem Oberdeck an der Reling, um das Ablegemanöver von der Kaimauer mitzuerleben und von Venedig Abschied zu nehmen, von der Stadt, in der er Marlene kennen gelernt und gleich wieder verloren hat.

Marlene kramt ihre bescheidenen Italienischkenntnisse hervor und beschreibt dem Mann am Ticketschalter der Reederei Jans Äußeres. Kann er sich an ihn erinnern? Hat dieser Mann vor kurzer Zeit ein Ticket nach Palermo gekauft?

Der Befragte nickt.

Marlene verlangt ebenfalls ein Ticket, aber der Bedienstete will ihr keines geben. „Sie müssen das nächste Schiff nehmen, das geht heute Abend."

„Nein, auf das nächste kann ich nicht warten. Ich muss auf dieses Schiff. Bitte!"

Der Mann schüttelt stur den Kopf und zeigt in Richtung Gangway, die gerade eingefahren wird: „Sehen Sie selbst. Es kommt kein Passagier mehr drauf."

Plötzlich knallt Ben dem verdutzten Mann das von Jan zurückerhaltene Budget auf den Tresen. „Reicht das, um meine Freundin durch den Personaleingang zu schleusen?"

Der Mann starrt gierig auf den Stapel Euroscheine: „Ich glaube, da lässt sich tatsächlich etwas machen, aber wir müssen uns beeilen."

Der Abschied von Julia und Ben fällt kurz aus. „Danke euch beiden, selbst für das Chaos, ohne dass ich Jan niemals getroffen hätte."

Langsam setzt sich das Schiff in Bewegung. Während die anderen Passagiere sich an der traumhaften Ausfahrt aus Venedig erfreuen, bleibt Jans Blick traurig an der Stelle hängen, wo Marlene ausgelassen in der Nacht die Gondel geentert hat.

Plötzlich verdunkeln zwei Hände seine Aussicht. Er dreht sich abrupt um und traut seinen Augen nicht, als Marlene ihn anstrahlt.

„Darf ich mich vorstellen? Ich heiße Marlene und bin die *Frau für alle Fälle*. Ben hat mich als deine Reisebegleitung gebucht, um auf dich aufzupassen.“

Jan zieht Marlene glücklich an sich und versinkt mit ihr in einem innigen Kuss. „Du bist nicht nur die Frau für alle Fälle, sondern auch meine Frau fürs Leben.“

Ende

Die im Inhalt genannten Personen und Handlungen sind frei erfunden. Sollten Ähnlichkeiten mit tatsächlich existenten Personen oder stattgefundenen Handlungen entstanden sein, oder sollte ein solcher Eindruck entstehen, so ist dies von der Autorin und dem Verlag auf keinen Fall gewollt oder beabsichtigt.

Valentine
Inka-Gabriela Schmidt
TB-ISBN 978-3-9814764-3-9
eBook-ISBN 978-3-9814764-2-2

Wer Vampire mag,
wird dieses Buch lieben!

Erscheint ab Frühjahr 2012

www.oldigor.de

VERLAG
OLDIGOR
Andrea Wölk
DER DEN REGEN
SCHENKT